精選儒林外史

吳敬梓　著

商務印書館

精選儒林外史

原著作者：吳敬梓

插　　畫：梁嘉賢

責任編輯：吳　銘

出　　版：商務印書館 (香港) 有限公司

　　　　　香港筲箕灣耀興道 3 號東滙廣場 8 樓

　　　　　http://www.commercialpress.com.hk

發　　行：香港聯合書刊物流有限公司

　　　　　香港新界荃灣德士古道 220-248 號荃灣工業中心 16 樓

印　　刷：中華商務彩色印刷有限公司

　　　　　香港新界大埔汀麗路36號中華商務印刷大廈

版　　次：2024 年 3 月第 7 次印刷

　　　　　©2008 商務印書館 (香港) 有限公司

　　　　　ISBN　978 962 07 1845 8

　　　　　Printed in China

目　錄

吳敬梓與《儒林外史》

胡適在《吳敬梓評傳》裏說："在浩若星海的中國古典小說中，被魯迅許以'偉大'二字的，只有兩部書，其中之一便是吳敬梓的《儒林外史》。"

吳敬梓（1701 － 1754）生於安徽一個"名門望族"的大家庭，生活在清朝的雍正、乾隆兩朝。當時正是科舉考試"八股取士"制度與"程朱理學"被捧為極致的時期。吳敬梓從小接受正統教育，父輩都希望他能從科舉的正途出身做官，但他偏喜歡在詩詞歌賦上下功夫。他在二十三歲考上秀才，二十九歲到滁州考舉人時，遭到斥逐，此後再沒有參加科舉考試。

吳敬梓既不熱心功名，又輕視錢財，隨意揮霍，慷慨仗義，幾年之間把上代留下的家產揮霍迨盡，一時鄉里都以他為教育子弟的鑑戒。他在鄰里之間屢遭白眼，終於不堪冷遇，在雍正十一年遷居南京。此後他的社會地位不斷下降，生計日差，飽嘗世態炎涼，也有機會接觸到下層社會生活，看到社會的種種黑暗。從四十歲左右到五十四歲在揚州逝世，吳敬梓主要靠賣文和朋友接濟維生，在此期間創作和完成了諷刺小說《儒林外史》。

《儒林外史》是中國文學史上唯一一部以知識分子為對象的長篇白話小說，也是中國第一部典型的諷刺小說。小說描寫的人和事是吳敬梓親身經歷和見聞的。作者同情八股制度下眾多儒生的悲劇命運，又無情地揭露和鞭撻他們熱衷功名的醜態，用諷刺的手法作笑中帶淚的批判。由於書中很多故事與人物都是從真實生活中提煉出來，所以十分傳神。擅長諷刺的魯迅認為"諷刺的生命是真實"，所以他讚揚《儒林外史》裏范進吃蝦丸的描寫，讚賞它"不尚誇張，一味寫實"的諷刺。吳敬梓就是用真情實感的"諷刺"成就了這部傑出的小說。

　　書中描寫景物、人物都很細緻，所寫的讀書人也不是只有可鄙的一面，例如馬二先生，不僅寫他的庸俗迂腐，還寫出他溫馨的一面。他常常慷慨資助萍水相逢的朋友，又曾經因為煉金術而受騙，事後卻也寬容同情，但是他為人迂腐，看不透科舉文章的無用，不斷勸人努力做好八股文章。這種善良而迂腐，不辨真假對錯的特點，正是儒林中人的典型。又如周進和范進，吳敬梓巧妙地運用並比的手法，以周進在高中之前痛哭發昏，范進則是在高中之後錯亂發瘋，將一前一後、一哭一笑、一正一反的故事銜接起來，反映讀書人一生受困於科舉制度的無奈。作者細緻描寫的荒謬笑劇，恰是一個時代的悲劇寫照。

　　《儒林外史》奠定了中國古代諷刺小說的基礎，也是古代諷刺小說的高峰，對後代文學有深遠的影響。

"王冕是個既天真又有童心的放牛娃，還是才華橫溢的奇人。他喜畫荷花，因為他自己就是一朵出淤泥而不染的荷花。"

第一篇 不願做官的王冕

元朝末年，有個在諸暨縣鄉村居住的嵌奇磊落的人——王冕，七歲時死了父親，他母親做些針織，供給他到村學堂裏去讀書。看看三個年頭，王冕已是十歲了。母親喚他到面前來，說道："兒啊！不是我有心要耽誤你，只因你父親亡後，我一個寡婦人家，只有出去的，沒有進來的，年歲不好，柴米又貴，只靠我替人家做些針織生活賺來的錢，如何供得你讀書？如今沒奈何，把你僱在隔壁人家放牛，每月可以得他幾錢銀子，你又有現成飯吃，只在明日就要去了。"王冕道："娘說的是。我在學堂裏坐着，心裏也悶，不如往他家放牛，倒快活些。假如我要讀書，依舊可以帶幾本去讀。"當夜商議定了。

第二日，母親同他到隔壁秦老家，秦老留着他母子兩個吃了早飯，牽出一條水牛來交與王冕。指着門外道："就在我這大門過去兩箭之地，便是七泖湖，湖邊一帶綠草，各家的牛都在那裏打睡。又有幾十顆合抱的垂楊樹，十分陰涼，牛要渴了，就在湖邊上飲水。小哥，你只在這一帶玩耍。我老漢每日兩餐小菜飯是不少的，每日早上，還折兩個與你買點心吃。只是百事勤謹些，休嫌怠慢。"他母親謝了擾要回家去，王冕送出門來，母親替他理理衣，含着兩眼眼淚去了。

王冕自此只在秦家放牛，每到黃昏，回家跟着母親歇宿。或遇秦家煮些醃魚臘肉給他吃，他便拿塊荷葉包了來家，遞與母親。每日點心錢，他也不買了吃，聚到一兩個月，便偷個空，走到村學堂裏，見那闖學堂的書客，就買幾本舊書。逐日把牛拴了，坐在柳陰樹下看。彈指又過了三四年。王冕看書，心下也着實明白了。那日，正是黃梅時候，天氣煩躁。王冕放牛倦了，在綠草地上坐着。須臾，濃雲密佈，一陣大雨過了，那黑雲邊上鑲着白雲，漸漸散去，透出一派日光來，照耀得滿湖通紅。湖邊上山，青一塊，紫一塊，綠一塊。樹枝上都像水洗過一番的，尤其綠得可愛。湖裏有十來枝荷花，苞子上清水滴滴，荷葉上水珠滾來滾去。王冕看了一回，心裏想道："古人說：'人在畫圖中'其實不錯。可惜我這裏沒有一個畫工，把這荷花畫他幾枝，也覺有趣。"又心裏想道："天下那有個學不會的事？我何不自畫他幾枝。"

王冕見天色晚了，牽了牛回去。自此，聚的錢，不買書了，託人向城裏買些胭脂鉛粉之類，學畫荷花。初時畫得不好，畫到三個月之後，那荷花精神、顏色無一不像，只多着一張紙，就像是湖裏長的；又像才從湖裏摘下來，貼在紙上的。鄉間人見畫得好，也有拿錢來買的。王冕得了錢，買些好東西孝敬母親。一傳兩，兩傳三，諸暨一縣都曉得是一個畫沒骨花卉的名筆，爭着來買。到了十七八歲，不在秦家了，每日畫幾筆畫，讀古人的詩文，漸漸不愁衣食，母親心裏歡喜。

這王冕天性聰明，年紀不滿二十歲，就把那天文、地理、經史上的大學問，無一不貫通。但他性情不同：既不求官爵，又不交納朋友，終日閉戶讀書。又在《楚辭圖》上看見畫的屈原衣冠，他便自造一頂極高的帽子，一件極闊的衣服，遇着花明柳媚的時節，把一乘牛車載了母親，他便戴了高帽，穿了闊衣，執着鞭子，口裏唱着歌曲，在鄉村鎮上，以及湖邊，到處頑耍。只有隔壁秦老，雖然務農，卻是個有意思的人；因自小看見他長大，如此不俗，所以敬他，愛他，時時和他親熱邀在草堂裏坐着說話兒。

一日，正和秦老坐着，只見外邊走進一個人來，敘禮坐下。這人姓翟，是諸暨縣一個頭役，又是買辦。因秦老的兒子秦大漢拜在他名下，叫他乾爺，所以時常下鄉來看親家。秦老慌忙叫兒子烹茶，殺雞、煮肉款留他，就要王冕相陪。彼此道過姓名，那翟買辦道："這位王相公，可就是會畫沒骨花的麼？"秦老道："便是了。親家，你怎得知道？"翟買辦道："縣裏人那個不曉得？因前日本縣吩咐要畫二十四副花卉冊頁送上司，此事交在我身上。我聞有王相公的大名，故此一徑來尋親家。今日有緣，遇着王相公，是必費心大筆畫一畫。在下半個月後下鄉來取。"秦老在旁，王冕屈不過秦老的情，只得應諾了。回家用心用意，畫了二十四副花卉，都題了詩在上面。翟頭役褁過了本官，那知縣時仁，發出二十四兩銀子來。翟買辦扣剋了十二兩，只拿十二兩銀子送與王冕，將冊頁取去。時知縣又辦了幾樣禮物，送與危素，作候問之禮。危素受了禮物，只把這本冊頁看了又看，愛玩不忍釋手。次日，備了一席酒，請時知縣來家致謝。當下寒暄已畢，酒過數巡，危素道：“前日承老父臺所惠冊頁花卉，還是古人的呢，還是現在人畫的？”時知縣不敢隱瞞，便道：“這就是門生治下一個鄉下農民，叫做王冕，年紀也不甚大。想是才學畫幾筆，難入老師的法眼。”危素歎道：“故鄉有如此賢士，竟坐不知，可為慚愧。此兄不但才高，胸中見識，大是不同，將來名位不在你我之下。不知老父臺可以約他來此相會一會麼？”時知縣道：“這個何難！門生出去，即遣人相約。他聽見老師相愛，自然喜出望外了。”說罷，辭了危素，回到衙門，差翟買辦持個侍生帖子去約王冕。

翟買辦飛奔下鄉，到秦老家，邀王冕過來，一五一十，向他說了。王冕笑道：“卻是起動頭翁，上覆縣主老爺，說王冕乃一介農夫，不敢求見。這尊帖也不敢領。”翟買辦變了臉道：“老爺將帖請人，誰敢不去！況這件事原是我照顧你的；不然，老爺如何得知你會畫花？論理，見過老爺，還該重重的謝我一謝才是！如何走到這裏，茶也不見你一杯，卻是推三阻四，不肯去見，是何道理？叫我如何去回覆老爺！”王冕道：“頭翁，你有所不知，假如我為了事，老爺拿票子傳我，我怎敢不去！如今將帖來請，原是不逼迫我的意思了；我不願去，老爺也可以相諒。”翟買辦道：“你這說的都是甚麼話！票子傳着倒要去，帖子請着倒不去？這下是不識擡舉了！”秦老勸道：“王相公，自古道：‘滅門的知縣’，你和他拗些甚麼？”王冕道：“秦老爺，你是聽見我說過的。不見那段干木、泄柳的故事麼？我是不願去的。”翟買辦道：“你這是難題目與我做，叫拿甚麼話去回老爺？"秦老道："這個果然也是兩難。若要去時，王相公又不肯；若要不去，親家又難回話。我如今倒有一法：親家回縣裏，不要說王相公不肯，只說他抱病在家，不能就來，一兩日間好了就到。"翟買辦道："害病，就要取四鄰的甘結！"彼此爭論一番，秦老整治晚飯與他吃了，又暗叫了王冕出去向母親要了三錢二分銀子，送與翟買辦做差事，方才應諾回覆知縣。知縣心裏想道："這小廝那裏害甚麼病！想是翟家這奴才，走下鄉狐假虎威，他從來不曾見過官府的人，害怕不敢來了。我不如竟自己下鄉去拜他。他看見賞他臉面，自然大着膽見我。卻不是辦事勤敏？"又想道："老師前日口氣，甚是敬他，老師敬他十分，我就該敬他一百分。況且屈尊敬賢，將來志書上少不得稱讚一篇，有甚麼做不得？"當下定了主意。

次早傳齊轎夫，也不用全副執事，也只帶八個紅黑帽夜役軍牢，翟買辦扶着轎子，一直來到王冕門首，只見七八間草屋，一扇白板門緊緊關着。翟買辦搶上幾步，忙去敲門。敲了一會，裏面一個婆婆，拄着柺杖，出來說道："不在家了，從清早晨牽牛出去飲水，尚未回來。"翟買辦道："老爺親自在這裏傳你家兒子說話，怎的慢條斯理！快快說在那裏，我好去傳！"那婆婆道："其實不在家了，不知在那裏。"說畢，關着門進去了。

說話之間，知縣轎子已到，翟買辦跪在轎前稟道："小的傳王冕，不在家裏，請老爺龍駕到公館裏略坐一坐，小的再去傳。"扶着轎子，過王冕屋後來。屋後橫七豎八幾條田埂，遠遠的一面大塘，塘邊都栽滿了榆樹、桑樹。塘邊那一望無際的幾頃田地，又有一座山，雖不甚大，卻有青蔥樹木，堆滿山上。知縣正走着，遠遠的有個牧童，倒騎水牯牛，從山嘴邊轉了過來。翟買辦趕將上去，問道："秦小二漢，你看見你隔壁的王老大牽了牛在那裏飲水哩？"小二道："王大叔麼？他在二十里路外王家集親家那裏吃酒去了，這牛就是他的，央及我替他趕了來家。"翟買辦如此這般稟了知縣。知縣變着臉道："既然如此，不必進公館了！即回衙門去罷。"心想且忍口氣回去，慢慢向老師説明此人不中擡舉，再處置他也不遲，知縣去了。

王冕並不曾遠行，即時走了來家，秦老過來抱怨他道："你也太執意了。他是一縣之主，你怎的這樣怠慢他？"王冕道："老爹請坐，我告訴你，時知縣倚着危素的勢，要在這裏酷虐小民，無所不為。這樣的人，我為甚麼要相與他？但他這一番回去，恐要和我計較起來。我如今辭別老爹，收拾行李，到別處去躲避幾時。只是母親在家，放心不下。"母親道："我兒！你歷年賣詩賣畫，我也積聚下三五十兩銀子，柴米不愁沒有，我雖年老，又無疾病，你自放心出去躲避些時不防。你又不曾犯罪，難道官府來拿你的母親去不成？"

秦老又走回家去取了些酒餚來，替王冕送行。次日五更王冕拜辭了母親，又拜了秦老兩拜，母子灑淚分手。王冕穿上蔴鞋，背上行李。秦老手提一個小白燈籠，直送出村口，灑淚而別。

王冕一路風餐露宿，一徑來到山東濟南府地方。這山東雖是近北省分，卻也人物富庶，房舍稠密。王冕到了此處，盤費用盡了，只得租個小庵門面屋，賣卜測字，也畫兩張沒骨的花卉貼在那裏，賣與過往的人。每日問卜賣畫，倒也擠個不開。

那日清早，才坐在那裏，只見許多男女，啼啼哭哭，在街上過。也有挑着鍋的，也有籮擔內挑着孩子的，一個個面黃肌瘦，衣裳襤褸。過去一陣，又是一陣，把街上都塞滿了。也有坐在地上就化錢的。問其所以，都是黃河沿上的州縣，被河水決了，田廬房舍盡行漂沒。這是些逃荒的百姓，官府又不管，只得四散覓食。王冕見此光景，歎了一口氣道："河水北流，天下自此將大亂了。我還在這裏做甚麼！"將些散碎銀子收拾好了，拴束行李，仍舊回家。入了浙江境，才打聽得危素已還朝了，時知縣也升任去了。因此放心回家，拜見母親。看見母親健康如常，心中歡喜。母親又向他說秦老許多好處，他慌忙打開行李，取出一匹蘭絹，一包柿餅，拿過去謝了秦老。秦老又備酒與他洗塵。自此，王冕依舊吟詩作畫，奉養母親。

又過了六年，母親老病臥牀，王冕百方延醫調治，總不見效。一日，母親吩咐王冕道："我眼見不濟事了，但這幾年來，人都在我耳根前說你的學問有了，該勸你出去作官。我看見那些作官的，都不得有甚好收場！況你的性情高傲，倘若弄出禍來，反為不美。我兒可聽我的遺言，將來娶妻生子，守着我的墳墓，不要出去作官。我死了，口眼也閉！"王冕哭着應諾。他母親奄奄一息，歸天去了。王冕擗踴哀號，哭得那鄉舍之人，無不落淚。又虧秦老一力幫襯，製備衣衾棺槨。王冕負土成墳。到了三年服喪期滿之後，不過一年有餘，天下就大亂了。方國珍據了浙江，張士誠據了蘇州，陳友諒據了湖廣，都是些草竊的英雄。只有太祖皇帝起兵滁陽，得了金陵，立為吳王，乃是王者之師；提兵破了方國珍，號令全浙，鄉村鎮市，並無騷擾。

一日，日中時分，王冕正從母親墳上拜掃回來，只見十幾騎馬竟投他村裏來。為頭一人，頭戴武巾，身穿團花戰袍，白淨面皮，三綹髭鬚，真有龍鳳之表。那人到門首下了馬，向王冕施禮道："動問一聲，那裏是王冕先生家？"王冕道："小人王冕，這裏便是寒舍。"那人喜道："如此甚妙，特來晉謁。"吩咐從人下馬，屯在外邊，把馬都繫在湖邊柳樹上，那人獨和王冕攜手進到屋裏，分賓主施禮坐下。王冕道："不敢拜問尊官尊姓大名，因甚降臨這鄉僻所在？"那人道："我姓朱，先在江南起兵，號滁陽王，而今據有金陵，稱為吳王的便是。因平方國珍到此，特來拜訪先生。"王冕道："鄉民肉眼不識，原來就是王爺。但鄉民一介愚人，怎敢勞王爺貴步？"吳王道："孤是一個粗鹵漢子，今得見先生儒者氣象，不覺功利之見頓消。孤在江南，即慕大名，今來拜訪，要先生指示，浙人久反之後，何以能服其心？"王冕道："大王是高明遠見的，不消鄉民多說。若以仁義服人，何人不服，豈但浙江？若以兵力服人，浙人雖弱，恐亦義不受辱。不見方國珍麼？"吳王歎息，點頭稱善！兩人促膝談到日暮。王冕自到廚下，烙了一斤麵餅，炒了一盤韭菜，自捧出來陪着吳王吃了，稱謝教誨，上馬去了。秦老進城回來，問及此事，王冕也不曾說就是吳王，只說是軍中一個將官，向年在山東相識的，故此來看我一看。說着就罷了。

不數年間，吳王削平禍亂，定鼎應天（南京），天下統一，建國號大明，年號洪武。鄉村人個個安居樂業。到了洪武四年，秦老又進城裏，回來向王冕道："危老爺已自問了罪，發在和州去了，我帶了一本邸鈔來給你看。"王冕接過來看，才曉得危素歸降之後，妄自尊大，在太祖面前自稱老臣。太祖大怒，發往和州守余闕墓去了。此一條之後，便是禮部議定取士之法：三年一科，用《五經》、《四書》、八股文。王冕指與秦老看道："這個法卻定的不好，將來讀書人既有此一條榮身之路，把那文行出處都看得輕了。"說着，天色晚了下來。此時正是初夏，天時乍熱。秦老在打麥場上放下一張桌子，兩人小飲。須臾，東方月上，照耀得如同萬頃玻璃一般。王冕左手持杯，右手指着天上的星，向秦老道："你看貫索犯文昌，一代文人有厄！"當夜收拾傢伙，各自歇息。

自此以後，時常有人傳說，朝廷行文到浙江布政司，要徵聘王冕出來作官。初時不在意裏，後來漸漸說的多了，王冕並不通知秦老，私自收拾，連夜逃往會稽山中。

半年之後，朝廷果然遣一員官，捧着詔書，帶領許多人，將着綵緞表裏，來到秦老門首，見秦老八十多歲，鬚鬢皓然，手扶拄杖。那官與他施禮，秦老讓到草堂坐下。那官問道："王冕先生就在這莊上麼？而今皇恩授他咨議參軍之職，下官特地捧詔而來。"秦老道："他雖是這裏人，只是久已不知去向了。"秦老獻過了茶，領那官員走到王冕家，推開了門，見蟢蛸滿室，蓬蒿滿徑，知是果然去得久了。那官咨嗟歎息了一回，仍舊捧詔回旨去了。

王冕隱居在會稽山中，並不自言姓名，後來得病去世，山鄰斂些錢財，葬於會稽山下。是年，秦老亦壽終於家。

精選儒林外史

不願做官的王冕

"前面講到王冕因不願做官而隱居在會稽山中，直到去世。這裡講兩個很想做官而屢試不中，直到老年才中而又醜態百出的老秀才周進和范進的故事。"

第二篇　范進中舉

　　明朝成化末年（明1465—1487），正是天下繁富的時候。山東兗州府汶上縣有個鄉村叫薛家集。這集上有百十來戶人家，都是務農為業。村口有一個觀音庵，殿宇三間之外，還有十幾間空房子。這庵是十方的香火，只得一個和尚住。集上人家，凡有公事，就在這庵裏來同議。

　　新年正月初八日，集上人約齊了，都到庵裏來議事。荀老爺和為頭的申祥甫正在招呼大家，外邊走進一個人，兩隻紅眼邊，一副鐵鍋臉，幾根黃鬍子，歪戴着瓦楞帽，身上青布衣服，就如油簍一般，走進門來。此人乃薛家集上舊年新參的總甲。夏總甲和眾人拱一拱手，一屁股就坐在上席。

　　申祥甫說："孩子大了，今年要請一個先生，就在這觀音庵裏做個學堂。"眾人道："俺們也有好幾家孩子要上學。只這申老爺的令郎，就是夏老爺的令婿，夏老爺時刻有縣主老爺的牌票，也要人認得字。只是這個先生，需要到城裏去請才好。"夏總甲道："先生倒有一個，你道是誰？就是咱衙門裏戶總科提空顧老相公家請的一位先生，姓周，官名叫做周進。年紀六十多歲，前任老爺取過他個頭名，卻還不曾中過學。顧

15

老相公請他在家裏三個年頭，他家顧小舍人去年就中了學，和咱鎮上梅三相（名玖）一齊中的。你們若要請先生，俺替你把周先生請來。"眾人都説"好"！吃完了茶，各自散去。

次日，夏總甲果然向周先生説了，每年酬金十二兩銀子，每日二分銀子，在和尚家代飯。約定燈節後下鄉，正月二十開館。到了十六日，眾人將分子送到申祥甫家備酒飯，請了集上新進學的梅三相做陪客。那梅玖戴着新方巾，老早到了。直到巳牌時候，周先生才來。聽得門外狗叫，申祥甫走出去迎了進來。眾人看周進時，頭戴一頂舊氈帽，身穿元色綢舊直裰，那右邊袖子，同後邊坐處都破了。腳下一雙舊大紅綢鞋。黑瘦面皮，花白鬍子。申祥甫拱進堂屋，梅玖方才慢慢的立起來和他相見。周進就問："此位相公是誰？"眾人道："這是我們集上在庠（音詳，古代的鄉學）的梅相公。"周進聽了，謙讓不肯僭梅玖作揖。眾人道："論年紀也是周先生長，先生請老實些罷。"梅玖回過頭來向眾人道："你眾位是不知道我們學校規矩，老友是從來不同小友序齒的，只是今日不同，還是周長兄請上。"

周進因他説這樣話，倒不同他讓了，竟僭着他作了揖。眾人都作過揖坐下。斟上酒來，周進接酒在手，向眾人謝了擾，一飲而盡。隨即每桌擺上八九個碗，叫一聲"請！"一齊舉箸，卻如風捲殘雲一般，早去了一半。看那周先生時，一箸也不曾下。申祥甫道："今日先生為甚麼不用肴饌？卻不是上門怪人？"揀好的遞了過來。周進攔住道："實不相瞞，我學生是長齋。"眾人道："這個倒失於打點，卻不知先生因甚吃齋？"周進道："只因當年先母病中在觀音菩薩位下許的，如今也吃過十幾年了。"

申祥甫連忙斟了一杯酒道："顧老相公家西席就是周先生了。"廚下捧出湯點來，一大盤實心饅頭，一盤油煎扛子火燒。

眾人道：「這點心是素的，先生用幾個！」周進怕湯不潔淨，討了茶來吃點心。點心吃完，又斟了一巡酒。直到上燈時候，梅相公同眾人別了回去。

申祥甫拿出一副藍布被褥，送周先生到觀音庵裏歇宿。向和尚說定，館地就在後門裏這兩間屋內。直到開館那日，申祥甫陪着眾人，領了學生來；七長八短幾個孩子，拜見先生。眾人各自散了，周進上位教書。

晚間，學生家去。把各家的見面禮拆開來看：只有荀家是一錢銀子，另有八分銀子代茶，其餘也有三分的，也有四分的；也有十來個錢的。合攏了，不夠一個月飯食。周進一總包了，交與和尚收着再算。那些孩子，就像蠢牛一般，一時照顧不到，就溜到外邊去打瓦踢球，每日淘氣的不得了。周進只得耐着性子，坐着教導。

不覺兩個多月，天氣漸暖。周進吃過午飯，開了後門出來，到河沿上望望。卻見河上流頭一隻船冒雨而來。那船本不甚大，又是蘆蓆篷，所以怕雨。將近河岸，只見艙中坐着一個人，船尾坐着兩個從人，船頭上放着一擔食盒。將到岸邊，那人連呼船家泊船。帶領從人，走上岸來。

周進看那人時，頭戴方巾，身穿寶藍緞直裰，腳下粉底皂靴，三綹髭鬚，約有三十多歲光景；走到門口，與周進舉一舉手，一直進來。自己口裏說道：「原來是個學堂。」周進跟了進來作揖，那人還了個半禮道：「和尚怎的不見？」說着，和尚忙走了出來道：「原來是王大爺。請坐，僧人去烹茶來。」向着周進道：「這王大爺，就是前科新中的，先生陪了坐着，我去拿茶。」

那王舉人也不謙讓，從人擺了一張凳子，就在上首坐了，周進下面相陪。王舉人道：「你這位先生貴姓？」周進知他是個舉人，便自稱道：「晚生姓周。」王舉人道：「去年在誰家作館？”周進道：“在縣門口顧老相公家。”王舉人道：“足下莫不是就在我白老師手裏曾考過一個案首的？説這幾年在顧二哥家作館，差不差？”周進道：“俺這顧東家，老先生也是相與的？”王舉人道：“顧二哥是俺户下册書（税吏），又是拜盟的好弟兄。”周進道：“老先生的殊卷，是晚生熟讀過的……”

正説得熱鬧，一個小學生送仿來批，周進叫他攔着。王舉人道：“不妨，你只管去批仿，俺還有別的事。”周進只得上位批仿。批完了仿，陪他説着閒話，掌上燈燭，管家捧上酒飯，雞、魚、鴨、肉，堆滿春臺。王舉人也不讓周進，自己坐着吃了，收下碗去。隨後和尚送出周進的飯來，一碟老菜葉、一壺熱水，周進也吃了。安置後，各自歇宿。

次早，天色已晴，王舉人起來洗了臉，穿好衣服，拱一拱手，上船去了。撒了一地的雞骨頭、鴨翅膀、魚刺、瓜子殼，周進昏頭昏腦，掃了一早晨。

後來夏總甲也嫌周進獃頭獃腦，不知道常來承謝，由着眾人把周進辭了。失了館，在家日食艱難。一日，他姊丈金有餘來看他，勸道：“老舅，莫怪我説你，這讀書求功名的事，料想也是難了！我如今同了幾個大本錢的人到省城去買貨，差一個記賬的人，你不如同我們去走走？”周進聽了這話，隨即應允了。金有餘擇個吉日，同一夥客人起身，來到省城雜貨行裏住下。周進無事，閒着街上走走。周進走到貢院門口，想挨進去看，被看門的大鞭子打了出來。晚間向姊夫説，要去看看。金有餘只得用了幾個小錢，一夥客人，都也同了去看，又央及行主人領着。行主人走進頭門，用了錢的並無攔阻。到了龍門下行主人指道：“周客人，這是相公們進來的門了。”進去兩邊號房門，行主人指道：“這是‘天字號’了，你自進去看看！”周進一進了號，見兩塊板擺得整整齊齊，不覺眼睛裏一陣酸酸的，長歎一聲，一頭撞在號板上，直僵僵的不省人事。眾人都慌了，只道一時中了惡。取了水來，三四個客人一齊扶着，灌了下去。喉嚨裏咯咯的響了一聲，吐出一口稠涎來。眾人道："好了。"扶着立了起來。周進看看號板，又是一頭撞將去，這回不死了，放聲大哭起來。一號哭過，又哭到二號、三號，滿地打滾，哭了又哭，哭的眾人心裏都淒慘起來。金有餘見不是事，同行主人一左一右，架着他的膀子。他哭了一陣，又是一陣，直哭到口裏吐出鮮血來。眾人七手八腳，將他扛擡了出來，在貢院前一個茶棚子裏坐下，勸他吃了一碗茶。猶自索鼻涕，彈眼淚，傷心不止。 內中一個客人道："周客人有甚心事，為甚到了這裏，這等大哭起來？"金有餘道："列位老客有所不知，我這舍舅，本來原不是生意人。因他苦讀了幾十年的書，秀才也不曾做得一個，今日看見貢院，就不覺傷心起來。"只因這一句話道着周進的真心事，於是不顧眾人，又放聲大哭起來。又一個客人道："論這事，只該怪我們金老客；周相父既是斯文人，為甚麼帶他出來做這樣的事？"金有餘道："也只為赤貧之士，又無館做，沒奈何上了這一條路。"又一個客人道："看令舅這個光景，畢竟胸中才學是好的。"金有餘道："他才學是有的，怎奈時運不濟！"

那客人道："監生也可以進場。周相公既有才學，何不捐他一個監？進場中了，也不枉了今日這番心事。"金有餘道："我也是這般想，只是那裏有一注銀子？"此時周進哭的住了。那客人道："這也不難，現放着我這幾個兄弟在此，每人拿出幾十兩銀子，借與周相公納監進場，若中了官，那在乎我們這幾兩銀子？就是周相公不還，我們走江湖的人，那裏不破掉了幾兩銀子？你眾位意下如何？"眾人一齊道："君子成人之美。"又道："見義不為，是為無勇。俺們有甚麼不肯？只不知周相公可肯俯就？"周進道："若得如此，便是重生父母，我周進變驢變馬，也要報效！"爬到地下，就磕了幾個頭，眾人還下禮去。金有餘也稱謝了眾人，又吃了幾碗茶。周進不再哭了，同眾人說說笑笑，回到行裏。

次日，四位客人果然備了二百兩銀子，交與金有餘，一切多的使費，都是金有餘包辦。周進又謝了眾人和金有餘，行主人替周進準備一席酒，請了眾位。金有餘將着銀子，上了藩庫，正值宗師來省錄遺，周進就錄了個貢監首卷。到了八月初八日進頭場，見了自己哭的所在，不覺喜出望外。

自古道：「人逢喜事精神爽。」那七篇文字，做的花團錦簇一般，出了場，仍舊住在行裏。金有餘同那幾個客人，還不曾買完了貨。直到放榜那日，巍然中了。眾人各各歡喜，一齊回到汶上縣拜縣父母、學師。汶上縣的人，不是親的，也來認親，不相與的，也來相認。忙了個把月，申祥甫聽見這事，在薛家集聚了分子，買了四隻雞、五十個蛋，和些炒米飯團之類，親自上門來賀喜。周進留他吃了酒飯去。荀老爺賀禮是不消說了。看看上京會試，盤費衣服，都是金有餘替他設處。到京會試，又中了進士，殿試三甲，授了部屬。

荏苒三年，陞了御史，欽點廣東學道（主考官）。這周學道雖也請了幾個看文章的相公，卻自己心裏想道：「我在這裏面吃苦久了，如今自己當權，須要把卷子都細細看過，不可聽着幕客，屈了真才。」主意定了，到廣州上了任。

次日，行香掛牌，先考了兩場生員。第三場是南海、番禺兩縣童生。周學道坐在堂上，見那些童生紛紛進來，也有小的，也有老的，儀表端正的，獐頭鼠目的，衣冠齊楚的，襤褸破爛的。落後點進一個童生來，面黃肌瘦，花白鬍鬚，頭上戴一頂破氈帽。廣東雖是氣候溫暖，這時已是十二月上旬，那童生還穿着麻布直裰，凍得乞乞縮縮，接了卷子，下去歸號。

周學道看在心裏，封門進去。出來放頭牌的時節，坐在上面，只見那穿麻布的童生上來交卷，那衣服因是朽爛了，在號裏又扯破了幾塊。周學道看看自己身上，緋袍錦帶，何等輝煌？因翻一翻點名冊，問那童生道："你就是范進？"范進跪下道："童生就是。"學道道："你今年多少年紀了？"范進道："童生冊上寫的是三十歲，童生實年五十四歲。"學道道："你考過多少回了？"范進道："童生二十歲應考，到今考過二十餘次。"學道道："如何總不進學？"范進道："總因童生文字荒謬，所以各位大老爺不曾賞取。"周學道道："這也未必盡然，你且出去，卷子待本道細看。"范進磕頭下去了。

　　那時天色尚早，周學道將范進卷子用心用意看了一遍。心裏不喜，道："這樣的文字，都說的是些甚麼話！怪不得不進學。"丟過一邊不看了。又坐了一會，還不見一個人來交卷，心裏又想道："何不把范進的卷子再看一遍？倘有一線之明，也可憐他苦志。"從頭至尾，又看了一遍，覺得有些意思，正要再看看，卻有一個童生來交卷。

　　那童生叫做魏好古，文字也還清通。學道道："把他低低的進了學罷。"因取過筆來，在卷子尾上點了一點，做個記認。又取過范進卷子來看，不覺歡息道："這樣文字，連我看一兩遍也不能解，直到三遍之後，才曉得是天地間之至文，真乃一字一珠！可見世上糊塗試官，不知屈煞了多少英才！"忙取筆細細圈點，卷面上加了三圈，即填了第一名。又把魏好古的卷子取過來，填了第二十名。將各卷匯齊，帶了進去。發出案來，范進是第一。謁見那日，着實讚揚了一回。點到二十名，魏好古上去，又勉勵了幾句用心舉業，休學雜覽的話，送了出去。次日起馬，范進獨自送在三十里之外，轎前打恭。周學道又叫到跟前，說道："龍頭屬老成。本道看你的文字，火候到了，即在此科，一定發達。我覆命之後，在京專候。"范進又磕頭謝了，直望見門鎗影子抹過前山，看不見了，方才回到下處。

他家門外是個茅草棚，正屋是母親住着，妻子住在披房裏。他妻子乃是集上胡屠戶的女兒。范進進學回家，母親妻子，俱各歡喜。正待燒鍋做飯，只見他丈人胡屠戶，手裏拿着一副大腸和一瓶酒，走了進來。范進向他作揖，坐下。胡屠戶道："我自倒運，把個女兒嫁與你這現世寶，窮鬼，歷年以來，不知累了我多少。如今不知因我積了甚麼德，帶挈你中了個相公，所以帶瓶酒來賀你。"范進唯唯連聲，叫渾家把腸子煮了，燙起酒來，在茅草棚下坐着。母親和媳婦在廚下做飯。胡屠戶又吩咐女婿道："你如今既中了相公，凡事要立起個體統來。比如我這行事裏，都是些正經有臉面的人，又是你的長親，你怎敢在我們面前裝大？你是個爛忠厚沒用的人，所以這些話我不得不教導你，免得惹人笑話。"范進道："岳父見教的是。"胡屠戶又道："親家母也來這裏坐着吃飯。老人家每日小菜飯，想也難過。我女兒也吃些，自從進了你家門，這幾十年，不知豬油可曾吃過兩三回哩？可憐！可憐！"說罷，婆媳兩個，都來坐着吃了飯。吃到日西時分，胡屠戶吃的醉醺醺的，橫披了衣服腆着肚子去了。

因是鄉試年，做了幾個文會。不覺到了六月盡間，這些同案的人約范進去鄉試。范進因沒有盤費，走去同丈人商議，被胡屠戶一口啐在臉上，罵了一個狗血噴頭："不要失了你的時了！你自己只覺得中了一個相公，就'癩蝦蟆想吃起天鵝肉來！'我聽見人說，就是中相公時，也不是你的文章，還是宗師看見你老，過意不去，捨與你的，如今癡心就想中起老爺來！這些中老爺的，都是天上的文曲星，你不看見城裏張府上那些老爺，都有萬貫家私，一個個方面大耳。像你這尖嘴猴腮，也該撒泡尿自己照照！不三不四，就想天鵝屁吃！趁早收了這心。明年在我們行事裏替你尋一個館，每年賺幾兩銀子，養活你那老不死的娘和你老婆才是正經！你問我借盤纏，我一天殺一個豬還賺不到錢把銀子，都把與你去丟在水裏，叫我一家老小喝西北風？"一頓夾七夾八，罵得范進摸門不着。辭了丈人回來，自己心裏想："宗師説我火候已到。自古無場外的舉人，如不進去考他一考，如何甘心？"因向幾個同案商議，瞞着丈人，到城裏鄉試。出了場，即便回家。家裏已是餓了兩三天；被胡屠户知道，又罵了一頓。

到出榜那日，家裏沒有早飯米，母親吩咐范進道："我有一隻生蛋的母雞，你快拿到集上賣了，買幾升米來煮餐粥吃。我已是餓的兩眼都看不見了！"范進慌忙抱了雞，走出門去。才去了不到兩個時辰，只聽得一片聲的鑼響，三匹馬闖了來，那三個人下了馬，把馬拴在茅草棚上，一片聲叫道："快請范老爺出來，恭喜高中了。"母親不知是甚麼事，嚇得躲在屋裏，聽見中了，方敢伸出頭來説道："諸位請坐，小兒方才出去了。"那些報錄人道："原來是老太太。"大家簇擁着要喜錢。正在吵鬧，又是幾匹馬，二報、三報到了，擠了一屋的人，茅草棚地下都坐滿了。鄰居都來了，擠着看。老太太沒奈何，只得央及一個鄰居去找他兒子。那鄰居飛奔到集上，到處找不到；直尋到集東頭，見范進抱着雞，手裏插個草標，一步一踱的，東張西望，在那裏尋人買。鄰居道："范相公，快些回去！恭喜你中了舉人，報喜人擠了一屋哩。"范進道是哄他，只裝不聽見，低着頭往前走。鄰居見他不理，走上來就要奪他手裏的雞。范進道："你奪我的雞怎的？你又不買。"鄰居道："你中了舉了，叫你家去打報子哩。"范進道："高鄰，你曉得我今日沒有米，要賣這雞去救命，為甚麼拿這話來混我？我又不同你頑，你自回去罷，莫誤了我賣雞。"鄰居見他不信，劈手把雞奪了，攌在地下，一把拉了回來。報錄人見了道："好了，新貴人回來了！"正要擁着他説話，范進三兩步進屋裏來，見中間報帖已經升掛起來，上寫道："捷報貴府老爺范諱進，高中廣東鄉試第七名亞元，京報連登黃甲。"范進不看便罷，看了一遍，又念一遍，自己把兩手拍了一下，笑了一聲道："噫！好了！我中了！"說着，往後一跤跌倒，牙關咬緊，不省人事。

老太太慌了，忙將幾口開水灌了過來，他爬將起來，又拍着手大笑道："噫！好了！我中了！"笑着，不由分說，就往門外飛跑，把報錄人和鄰居都嚇了一跳。走出大門不多路，一腳踹在塘裏，爬起來，頭髮都跌散了，兩手黃泥，淋淋漓漓一身的水，眾人拉他不住，拍着笑着，一直走到集上去了。眾人大眼望小眼，一齊道："原來新貴人歡喜瘋了。"

老太太哭道："怎生這樣苦命的事！中了一個甚麼'舉人'就得了這個拙病！這一瘋了，幾時才得好！"娘子胡氏道："早上好好出去，怎的就得了這樣的病，卻是如何是好？"眾鄰居勸道："老太太不要心慌，而今我們且派兩個人跟定了范老爺。這裏眾人家裏拿些雞蛋、酒、米，且款待了報子上的老爹們，再為商酌。"當下眾鄰居，有拿雞蛋來的，有拿白酒來的，也有背了斗米來的，也有捉兩隻雞來的。娘子哭哭啼啼，在廚下收拾齊了，拿在草棚下。鄰居又搬些桌凳，請報錄的坐着吃酒，商議，"他這瘋了，如何是好？"報錄的內中有一個人道："在下倒有一個主意，不知行得行不得？"眾人問："如何主意？"那人道："范老爺平日可有最怕的人？只因他歡喜得很，痰湧上來，迷了心竅，如今只消他怕的這個人來打他一個嘴巴，說這報錄的話都是哄你，你並不曾中。他吃了這一驚，把痰吐了出來，就明白了。"眾人都拍手道："這個主意好得緊！妙得緊！范老爺怕的，莫過於肉案上胡老爹哩。"又一個人道："在集上賣肉，他倒好知道了。他從五更鼓就往東頭集上迎豬，還不曾回來，快些迎着去尋他！"

一個人飛奔去迎，走到半路，遇着胡屠戶來，後面跟着一個燒湯的二漢，提着七八斤肉，四五千錢，正來賀喜。進門見

了老太太，老太太哭着告訴了一番。胡屠戶詫異道："難道這等沒福！"，胡屠戶作難道："雖然是我女婿，如今卻做了老爺，就是天上的星宿，天上的星宿是打不得的。我聽得齋公們說，打了天上的星宿，閻王就要捉去打一百鐵棍，發在十八層地獄，永不得翻身。我卻是不敢做這樣的事。"鄰居內一個尖酸人説道："罷麼！胡老爹，你每日殺豬的營生，白刀子進去，紅刀子出來，閻王也不知叫判官在簿子上記了你幾千條鐵棍，就是添上這一百棍，又打甚麼要緊？"

報錄的人道："不要只管講笑話。胡老爹這個事須是這般，你沒法子權變一權變？"屠戶被眾人拗不過，只得連斟兩碗酒喝了，壯一壯膽，把方才這些小心收起，將平日的兇惡樣子拿出來，捲一捲那油晃晃的衣袖，走上集去。老太太趕出來叫道："親家，你只可嚇他一嚇，卻不要把他打傷了"！説着，一直去了。

來到集上，見范進正在一個廟門口站着，散着頭髮，滿臉污泥，鞋都跑掉了一隻，兀自拍着掌，口裏叫道："中了！中了！"胡屠戶兇神般走到跟前，説道："該死的畜生！你中了甚麼？"一個嘴巴打過去，眾人和鄰居見這模樣，忍不住的笑。不想胡屠戶雖然大着膽子打了一下，心裏到底還是怕的，那手早顫起來，不敢打第二下。范進因這一個嘴巴，卻也打量了，昏倒於地，眾鄰居齊上前，替他抹胸口，捶背心，弄了半日，漸漸喘息過來，眼睛明亮，不瘋了。眾人扶起，借廟門口一個外科郎中跳駝子的板凳上坐着，胡屠戶站在一邊，不覺那隻手隱隱的疼將起來。自己看時，把個巴掌仰着，再也彎不過來；自己心裏懊惱道："果然天上文曲星是打不得的，而今菩薩計較起來了！"想一想，更疼得狠了，連忙問郎中討了個膏藥貼着。范進看了眾人，説道："我怎麼坐在這裏？"又道："我這半日昏昏沉沉，如在夢裏一般。"眾鄰居道："老爺，恭喜高中了！適才歡喜的有些引動了痰，方才吐出幾口痰來，好了，快請回家去打發報錄人。"范進道："是了。我也記得是中的第七名。"范進一面自綰了頭髮，一面問郎中借了一盆水洗洗臉。一個鄰居早把那一隻鞋尋了來，替他穿上。見丈人在跟前，恐怕又要來罵。胡屠戶上前道："賢婿老爺！方才不是我敢大膽，是你老太太的主意，央我來勸你的。"鄰居一個人道："胡老爺方才這個嘴巴打的親切，少頃范老爺洗臉，還要洗下半盆豬油來！"又一個道："老爹，你這手，明日殺不得豬了。"胡屠戶道："我那裏還殺豬！有我這賢婿，還怕後半世靠不着也怎的？你們不知道，我小老這一雙眼睛，卻是認得人的，想着先年我小女在家裏，長到三十多歲，多少有錢的富戶要和我結親，我自己覺得女兒像有些福氣的，畢竟要嫁與個老爺，今日果然不錯！"說罷，哈哈大笑。眾人都笑起來。看看范進洗了臉，郎中又拿茶來吃了，一同回家。范舉人先走，胡屠戶和鄰居跟在後面，屠戶見女婿衣裳後襟滾皺了許多，一路低着頭替他扯了幾十回。到了家門，屠戶高聲叫道："老爺回府了！"老太太迎着出來，見兒子不瘋，喜從天降。眾人問報錄的，已是家裏把屠戶送來的幾千錢，打發他們去了。

范進拜了母親，也拜謝丈人。胡屠戶再三不安道："些須幾個錢，不夠你賞人！"范進又謝了鄰居，正待坐下，早看見一個體面的管家，手裏拿着一個大紅全帖，飛跑了進來道："張老爺來拜新中的范老爺。"說畢，轎子已是到了門口。范進迎了出去，只見那張鄉紳下了轎進來，頭戴紗帽，身穿葵花色圓領，金帶皂靴。他是舉人出身，做過一任知縣的，別號靜齋。同范進讓了進來，到堂屋內平磕了頭，分賓主坐下。張鄉紳先攀談道："世先生同在桑梓，一向有失親近。"范進道："晚生久仰老先生，只是無緣，不曾拜會。"張鄉紳道："適才看見題名錄，貴房師高要縣湯公，就是先祖的門生；我和你是親切的世兄弟。"范進道："晚生僥倖，實是有愧，卻幸得出老先生門下，可為欣喜。"

張鄉紳將眼睛四面望了一望，說道："世先生果是清貧。"接着，在家人手裏拿過一封銀子來，說道："弟卻無以為敬，謹具賀儀五十兩，世先生權且收着。弟有空房一所，就在東門大街上，三進三間，雖不軒敞，也還乾淨，就送與世先生，搬到那裏去住，早晚也好請教些。"范進再三推辭，張鄉紳急了道："你我年誼世好，就如至親骨肉一般，若要如此，就是見外了！"范進方才把銀子收下，作揖謝了。又說了一會，打躬作別。

自此以後，果然有許多人來奉承他，有送田產的，有人送店房的，還有那些破落戶，兩口子來投身為僕，圖蔭庇的。到兩三個月，范進家奴僕丫鬟都有了，錢米是不消說了。張鄉紳家又來催着搬家。搬到新房子裏，唱戲、擺酒、請客，一連三日。到第四日上，老太太起來吃過點心，走到第三進房子內，見范進的娘子胡氏，家常戴着銀絲髻，此時是十月中旬，天氣尚暖，穿着天青緞套，官綠的緞裙，督率着家人、媳婦、丫鬟，洗碗盞杯箸。老太太看了，說道："你們嫂嫂、姑娘們要仔細些，這都是別人家的東西，不要弄壞了。"家人媳婦道："老太太，那裏是別人的，都是你老人家的。"老太太笑道：

"我家怎的有這些東西？"丫鬟和媳婦一齊都說道："怎麼不是？豈但這個東西是，連我們這些人和這房子都是你老太太家的！"老太太聽了，把細磁碗盞和銀鑲的杯箸，逐件看了一遍，哈哈大笑道："這都是我的了！"大笑一聲，往後便跌倒，忽然痰湧上來，不省人事。捱到黃昏時候，老太太奄奄一息，歸天去了，闔家忙了一夜。

次日大門上掛了白布球；新貼的廳聯，都用白紙糊了。闔城紳衿，都來弔唁。

七七之期已過，范舉人出門謝了孝。一日，張靜齋來問候，說道："三載居廬，自是正理；但先生為安葬大事，也要到外邊設法使用，似乎不必拘泥。現今高發之後，尚不曾到貴老師處問候，高要地方肥美，或可秋風一二。弟意也要去拜候敝世叔，何不相約而行？一路上車舟之費，弟自當措辦，不須世先生費心。"范舉人道："極承老先生厚愛，只不知大禮上可行得？"張靜齋道："禮有經，亦有權，想沒有甚麼行不得處。"范舉人又謝了。

"范進中舉後，不僅鄉紳張靜齋來套近乎，連從未相識的吝嗇鬼嚴貢生也來巴結他。"

第三篇　嚴監生與嚴貢生

　　張靜齋約定日期，雇齊夫馬，帶了從人，取路往高要縣進發。

　　不一日，進了高要城，那日知縣下鄉相驗去了，二位不好進衙門，只得在一個關帝廟裏坐下。那廟正修大殿，有縣裏工房在內監工。工房聽見縣主的相與到了，慌忙迎到裏面客位內坐着，擺九個茶盤來，工房坐在下席，執壺斟茶。吃了一回，外面走進一個人來，方巾闊服，粉底皂靴，蜜蜂眼，高鼻梁，絡腮鬍子。那人一進了門，就叫把茶盤子撤了，然後與二位敍禮坐下，動問那一位是張老先生？那一位是范老先生？二人各自道了姓名，那人道："賤姓嚴，舍下就在咫尺。去歲宗師案臨，幸叨歲薦，與我這湯父母是極好的相與。二位老先生，想都是年家故舊？"二位各道了年誼師生，嚴貢生不勝欽敬。工房告過失陪，那邊去了。嚴家家人收拾了一個食盒來，又提了一瓶酒，桌上放下。嚴貢生請二位先生上席，斟酒奉過來，說道："本該請二位老先生降臨寒舍，一來蝸居恐怕褻尊，二來就要進衙門去，恐怕關防有礙，故此備個粗碟，就在此處談談，休嫌輕慢。"二位接了酒道："尚未奉謁，倒先取擾。"嚴貢生道：“不敢，不敢。”立着要候乾一杯，二位恐怕臉紅，不敢多用，吃了半杯放下。

嚴貢生道：“湯父母為人廉靜慈祥，真乃一縣之福。”張靜齋道：“是，敝世叔也還有些善政麼？”嚴貢生道：“老先生，人生萬世都是個緣份，真個勉強不來的！小弟到衙門去謁見，老父母方才下學回來，諸事忙作一團，卻連忙攔下，叫請小弟進去，換了兩遍茶，就像相與了幾十年的朋友一般。

張鄉紳道：“總因你先生為人有品望，所以敝世叔相敬，近來自然時時請教。”嚴貢生道：“後來倒也不常進去。實不相瞞，小弟為人率真，在鎮裏之間，從不曉得佔人寸絲半粟的便宜，所以歷來的父母官，都蒙相愛。湯父母雖不大喜歡會客，卻也凡事心照。”又道：“我這高要是廣東出名縣分；一年之中，錢糧、花布、牛、驢、漁船、田房稅，不下萬金。”又用手在桌上畫着，低聲說道：“像湯父母這個作法，不過八千金，前任潘父母做的時候，實有萬金。”說着，恐怕有人聽見，把頭別轉來望着門外。

一個蓬頭赤足的小廝，走了進來，望着他道：“老爺，家裏請你回去。”嚴貢生道：“回去做甚麼？”小廝道：“早上關的那口豬，那人來討了，在家裏吵哩。”嚴貢生道：“他要豬，拿錢來。”小廝道：“他說豬是他的。”嚴貢生道：“我知道了，你先去罷，我就來。”那小廝又不肯去。張范二位道：“既然府上有事，老先生還是請回罷。”嚴貢生道：“二位老先生有所不知，這口豬原是舍下的！”才說得一句，聽見鑼響，一齊立起身來說道：“回衙了。”兩位整一整衣帽，叫管家拿着帖子，向貢生謝了擾，一直來到宅門口，投進帖子去。

知縣湯奉接了帖子，一個寫“世侄張師陸”。一個寫“門生范進”，自心裏沉吟道：“張世兄屢次來打秋風，甚是可厭，但這回同我新中的門生來見，不好回他。”吩咐快請。二人進來，先是靜齋見過，范進上來敍師生之禮，湯知縣再三謙讓，奉坐吃茶，同靜齋敍了些闊別的話，又把范進的文章稱讚了一番。問道：「因何不去會試？」范進方才説道：「先母見背，遵制丁憂。」湯知縣大驚，忙叫換去了吉服，擁進後堂，擺上酒來。席上燕窩、雞、鴨，此外就是廣東出的魷魚苦瓜，也做兩碗。

知縣安了席坐下，用的都是銀鑲杯箸。范進退前縮後的不舉杯箸。知縣不解其故，靜齋笑説：「世先生因遵制，想是不用這個杯箸。」知縣忙叫換了一個磁杯，一雙象牙箸來，范進又不肯舉。靜齋道：「這個箸也不用。」隨即換了一雙白顏色的竹子的來，方才罷了。知縣疑惑他居喪如此盡禮，倘或不用葷酒，卻是不曾備辦，落後看見他在燕窩碗裏揀了一個大蝦丸子送在嘴裏，方才放心。因説道：「真是得罪的很，我這敝教，酒席沒有甚麼吃的，只這幾樣小菜，權且用個便飯。敝教只是個牛羊肉，又恐貴教老爺們不用，所以不敢上席，現今奉旨禁宰耕牛，上司行來牌票甚緊，衙門裏都也莫得吃。」這時一個貼身的小廝，在知縣耳根前悄悄説了幾句話，知縣起身向二位道：「外面有個書辦回話，弟去一去就來。」去了一時，只聽得吩咐道：「且放在那裏。」回來又入席坐下，説了失陪，向張靜齋道：「張世兄，你是做過官的，這件事正該與你商量，就是斷牛肉的事。方才有幾個教親，共備了五十斤牛肉，請出一位老師父來求我，説是要斷盡了，他們就沒有飯吃，求我略鬆寬些，叫做瞞上不瞞下，送五十斤牛肉在這裏給我，卻是受得受不得？」

張靜齋道：「老世叔，這句話斷斷使不得。你我做官的人，只知有皇上，那知有教親？想起洪武年間，劉老先生⋯⋯」湯知縣道：「那個劉老先生？」靜齋道：「諱基的了。他是洪武三年開科的進士，『天下有道』三句中的第五名。」范進插口道：

"想是第三名？"靜齋道："是第五名，那墨卷是弟讀過的。後來入了翰林，洪武私行到他家，就如雪夜訪普的一般。恰好江南張王送了他一罈小菜，當面打開看，都是些瓜子金。洪武聖上惱了，說道：'你以為天下事都靠着你們書生。'到第二日，把劉老先生貶為青田縣知縣，又用毒藥擺殺了。這個如何了得！"

知縣見他說的口若懸河，又是本朝確切典故，不由得不信。問道："這事如何處置？"張靜齋道："依小侄愚見，世叔就在這事上出個大名，今晚叫他伺候。明日早堂，將這老師父拿進，打他幾十個板子，取一面大枷枷了，把牛肉堆在枷上，出一張告示在傍，申明他大膽之處。上司訪知，見世叔一絲不苟，陞遷就在指日。"知縣點頭道："十分有理！"當下席終，留二位在書房住了。

次日早堂，教將老師父上來，大罵一頓"大膽狗奴"，重責三十板，取一面大枷，把那五十斤牛肉都堆在枷上，臉和頸子箍的緊緊的，只剩得兩個眼睛，在縣前示眾。天氣又熱，枷到第二日，牛肉生蛆，第三日，嗚呼死了。眾回子心裏不服，一時聚眾數百人，鳴鑼罷市，鬧到縣前來，說道"我們就是不該送牛肉來，也不該有死罪！這都是南海縣的光棍張靜齋的主意。我們鬧進衙門去，揪他出來一頓打死，派出一個人來償命！"將縣衙門圍的水洩不通，口口聲聲只要揪出張靜齋來打死。知縣大驚，細細在衙門裏追問，才曉得是門子透風。知縣道"我再不濟，到底是一縣之主，他敢怎的我？設或鬧了進來，看見張世兄，就有些開交不得了。如今須是設法先把張世兄弄出去，離了這個地方才好。幸得衙門後身緊靠着北城，幾個衙役先溜到城外，用繩子把張、范二位繫了出去。換了藍布衣服、草帽、草鞋，尋一條小路，忙忙如喪家之狗，急急如漏網之魚，連夜找路回省城了。

這裏學師典史，俱出來安民，説了許多好話，眾回子漸漸的散了。湯知縣把這情由，細細稟知按察司。按察司道："論起來，這件事你湯老爺也太輕率些，枷責就罷了，何必將牛肉堆在枷上？這成何刑法？但此刁風也不可長。"過了些時，果然把五個為頭的回子問成"奸民挾制官府，依律枷責。"發來本縣發落。知縣看了來文，掛出牌去。次日早晨，大搖大擺的出堂，將回子發落了。

正要退堂，見兩個人進來喊冤，知縣叫帶上來問。一個叫做王小二，是貢生嚴大位的緊鄰，去年三月內嚴貢生家一口才生下來的小豬，走到他家去，他慌忙送回嚴家。嚴家説，豬到人家，再尋回來，最不利市，逼着出了八錢銀子，把小豬就賣與他。這一口豬，在王家已養到一百多斤，不想錯走到嚴家去，嚴家把豬關了。小二的哥哥王大走到嚴家討豬，嚴貢生説，"豬本來是他的，要討豬，照時值估價，拿幾兩銀子來領了豬去。"王大是個窮人，那有銀子？就同嚴家爭吵了幾句，被嚴貢生的幾個兒子，拿拴門的閂，擀麵的杖，打了一個臭死，腿都打折了，睡在家裏，所以小二來喊冤。

知縣喝過一邊，帶那另一個上來問道："你叫做甚麼名字？"那人是個五六十歲老者，稟道，"小人叫做黃夢統，在鄉下住。因去年九月上縣來交錢糧，一時短少，央中人向嚴鄉紳借二十兩銀子，每月三分利錢，寫借約，送在嚴府。小的卻不曾拿他的銀子。走上街來，遇着個鄉裏的親眷，他説有幾兩銀子借與小的交個幾分數，再下鄉去設法，勸小的不要借嚴家的銀子。小的交完錢糧，就同親戚回家去了。至今已是大半年，想起這事來，問嚴府取回借約，嚴鄉紳向小的要這幾個月的利錢。小的説：'並不曾借本，何得有利？'嚴鄉紳説，小的若當時拿回借約，他可把銀子借與別人生利，因不曾取約，他將二十兩銀子也不能動，誤了大半年的利錢，該是小的出。小的自知不是，向中人說，情願買個蹄酒上門去取約，嚴鄉紳執意不肯，把小的驢和米同梢袋，都叫人拿了回家，還不發出借約來。這樣含冤負屈的事，求大老爺做主！"

知縣聽了，說道："一個做貢生的人，忝列衣冠，不在鄉里間做些好事，只管如此騙人，實在可惡！"便將兩張狀子都批准。原告在外伺候。早有人把這話報知嚴貢生，嚴貢生慌了，自心裏想："這兩件事都是實的，倘若審斷起來，體面上不好看。三十六計走為上計。"捲捲行李，一溜煙急走到省城去了。

知縣准了狀子，發房出了差，來到嚴家。嚴貢生已是不在家了，只得去找着嚴二老官。二老官叫做嚴大育，字致和，他哥字致中，兩人是同胞弟兄，卻在兩個宅裏住。這嚴致和是個監生，家有十多萬銀子。嚴致和見差人來說此事，他是個膽小有錢的人，見哥哥又不在家，不敢輕慢。隨即留差人吃了酒飯，拿兩千錢打發去了。忙着小廝去請兩位舅爺來商議。他兩個阿舅姓王，一個叫王德，是府學廩膳生員，一個叫王仁，是縣學廩膳生員，都做着極興頭的館，錚錚有名。嚴致和忙把這件事從頭告訴一遍，王仁笑道："令兄怎麼這一點事就嚇走了？"嚴致和道："這話也說不盡，只是家兄而今兩腳站開，差人卻在我家裏吵鬧要人，我怎麼辦？"王仁道："不必又去求人，就是我們愚兄弟兩個去尋了王小二、黃夢統，到家替他分說開，把豬還給王家，再拿些銀子，給他醫那打壞了的腿，黃家那借約，查了還他，一天的事，都沒有了。"

當下商議已定，一切辦得停妥。嚴二老官在衙門使費共用去了十幾兩銀子，官司已了。

自此以後，嚴監生夫人王氏的病，漸漸的重起來，每日四五個醫生用藥，都是人參附子，總不見效。看看臥牀不起。生兒子的妾在旁侍奉湯藥，極其殷勤，看他病勢不好，夜晚時，抱了孩子在牀腳頭坐着哭泣，哭了幾回。那一夜道：“我而今只求菩薩把我帶了去，保佑大娘子好了罷。”王氏道：“你又癡了！各人的壽數，那個是替得的？”趙氏道：“不是這樣説，我死了值得甚麼，大娘若有些長短，他爺少不得又娶個大娘。他爺四十多歲，只得這點骨血，再娶個大娘來，各養的各疼。‘晚娘的拳頭，雲裏的日頭。’這孩子料想不能長大，我也是個死數。不如早些替了大娘去，還保得這孩子一命。”王氏聽了，也不答應。次日晚間，趙氏又哭着講這些話，王氏道：“何不向你爺説明白，我若死了，就把你扶正，做個填房？”趙氏忙叫請爺進來。把奶奶的話説了。嚴致和聽不得這一聲，連三説道：“既然如此，明日清早就要請二位舅爺説定此事，才有憑據。”嚴致和就叫人極早去請了舅爺來，讓進房内坐着，嚴致和把王氏如此這般意思説了，又道：“老舅可親自問令妹。”兩人走到牀前，王氏已是不能言語了，把手指着孩子，點了一點頭。兩位舅爺看了，把臉木喪着，不則一聲。

　　須臾，讓到書房裏用飯。吃罷，又請到一間密屋裏，嚴致和説起王氏病重，掉下淚來道：“令妹自到舍下二十年，真是弟的内助，如今丟了我，怎生是好！前日還向我説，岳父岳母的墳，要修理。他自己積的一點東西，留給二位老舅作個遺念。”因把小厮都叫出去，拿出兩封銀子來，每位一百兩，遞給二位老舅：“休嫌輕意。”二位雙手來接。嚴致和又道：“卻是不可多心，將來要備祭桌，破費錢財，都是我這裏備齊，請老舅來行禮。明日還拿轎子接兩位舅奶奶來，令妹還有些首飾，留為遺念。”交待完畢，外面有人來訪，嚴致和陪客去了。回來見兩位舅爺哭得眼皮紅紅的。王仁道：“方才同家兄在這裏説，舍妹真是女中丈夫，可謂王門有幸，方才這一番話，恐怕老妹丈胸中也沒有這樣道理，還要恍恍惚惚，疑惑不清，枉為男子。”王德道：“你不知道，你這一位如夫人，關係你家三代，舍妹歿了，你若另娶一人，磨害死了我的外甥，就是先父母也不安了。」王仁拍着桌子道：「你若不依，我們就不上門了。」嚴致和道：「恐怕寒族多話。」兩位道：「有我兩人作主。但這事須要大做，妹丈，你再出幾兩銀子，明日只做我兩人出的，備十幾席，將三黨親都請到了，趁舍妹眼見你兩口子同拜天地祖宗，立為正室，誰人再敢放屁？」嚴致和又拿出五十兩銀子來，二位喜形於色去了。

過了三日，王德、王仁，果然到嚴家來，寫了幾十副帖子，遍請諸親六眷。擇個吉期，親眷都到齊了，只有隔壁大老爹家五個親侄子，一個也不到。

眾人吃過早飯，先到王氏牀面前寫立王氏遺囑，兩位舅爺王德、王仁都畫了字。嚴監生戴着方巾，穿着青衫，披了紅紬；趙氏穿着大紅，戴了赤金冠子，兩人雙拜了天地，又拜了祖宗。王於依廣有才學，又替他做了一篇告祖的文，甚是懇切。告過祖宗，兩位舅爺叫丫鬟在房裏請出兩位舅奶奶來。夫妻四個，齊鋪鋪請妹丈、妹子轉在大邊，磕下頭去，以敍姊妹之禮。眾親眷加上管事的管家、媳婦、丫鬟、使女，黑壓壓的幾十個人，都來向主人、主母磕頭。趙氏又獨自走進房內，拜王氏做姊姊，那時王氏已發昏去了。行禮已畢，共擺了二十多桌酒席。吃到三更時分，奶媽慌忙的走了出來說道：「奶奶斷氣了！」那時衣衾棺槨，都是現成的，入過了殮，天才亮了。靈柩停在第二層中堂內，眾人進來參了靈，各自散了。

議禮已定，報出喪去。自此，修齋、理七、開喪、出殯，用了四五千兩銀子，鬧了半年，不必細說。趙氏感激兩位舅爺入於骨髓；田上收了新米，每家兩石、醃冬菜每家也是兩石，火腿每家四隻，雞鴨小菜不算。不覺到了除夕，嚴監生拜過天地祖宗，收拾一席家宴。嚴監生同趙氏對坐，向趙氏說道：

"昨日典鋪內送來三百兩利錢，是你王氏姊姊的私房，每年臘月二十七八日送來，我就交與他，我也不管他在那裏用。今年又送這銀子來，可憐就沒人接了！"趙氏道："你也別說大娘的銀子沒用處，我是看見的，想起一年到頭，逢時遇節，庵裏師姑送盒子，賣花婆換珠翠，彈三弦琵琶的女瞎子不離門，那一個不受他的恩惠？這些銀子，夠做甚麼？再有些也完了。倒是兩位舅爺從來不沾他分毫。依我的意思，這銀子也不必用掉，到開年替奶奶大大的做幾回法事，也是該的。"嚴監生聽着他說，桌子底下一個貓就趴在他腿上。嚴監生一靴頭子踢開了。那貓嚇的跑到房內去，跑上牀頭。只聽得一聲大響，

牀頭上掉下一個東西來，把地板上的酒罈子都打碎了。拿燭去看，原來那瘟貓，把牀頂上的板跳蹋了一塊，上面掉下一個大笆簍來。近前看時，只見一地黑棗子拌在酒裏，笆簍橫睡着。兩個人才扳過來，棗子底下，一封一封，桑皮紙包着，打開看時，共五百兩銀子。嚴監生歎道："我說他的銀子那裏就肯用完了！像這都是歷年積聚的，恐怕我有急事好拿出來用的，而今他往那裏去了！"一回哭着，把那乾棗子裝了一盤，同趙氏放在靈前桌上，伏着靈牀子，又哭了一場。

嚴監生新年不能出去拜節，在家哽哽咽咽，不時哭泣，精神顛倒，恍惚不寧。過了燈節後，就叫心口疼痛。初時撐着，每

晚算賬，直算到三更鼓。後來就漸漸飲食不進，骨瘦如柴，又捨不得銀子吃人參。立秋以後，病又重了，睡在牀上，想着田上要收早稻，打發了管莊的僕人下鄉去，又不放心，心裏只是急躁。

那一日早上吃過藥，聽着蕭蕭落葉打得窗子響，自覺得心裏虛怯，長歎了一口氣，把臉朝牀裏面睡下。趙氏從房外同兩位舅爺進來問病，就辭別了到省城裏鄉試去。嚴監生叫丫鬟扶起來，勉強坐着。王德、王仁道：“好幾日不曾看妹丈，原來又瘦了些，喜得精神還好。”嚴監生忙請他坐下，說了些恭喜的話，留在房裏吃點心。講到除夕晚裏這一番話，便叫趙氏拿出幾封銀子來，指着趙氏說道：“這倒是他的意思，說姊姊留下來的一點東西，送給二位老舅添着做恭喜的盤費。我這病勢沉重，將來二位回府，不知可否會得着了！我死之後，二位老舅照顧你外甥長大，教他讀讀書，掙着進個學，免得像我一生，終日受大房裏的氣！”兩位接了銀子，每位懷裏帶着兩封，謝了又謝，又說了許多安慰寬心的話，作別去了。

自此嚴監生的病，一日重似一日再不回頭。五個侄子，穿梭的過來陪郎中弄藥。到中秋以後，醫生都不下藥了，把管莊的家人，都從鄉裏叫了上來，病重得一連三天不能說話。晚間擠了一屋子的人，桌上點着一盞燈，嚴監生喉嚨裏痰響得一進一出，一聲不到一聲的，總不得斷氣。還把手從被單裏拿出來，伸着兩個指頭，大侄子上前問道：“二叔！你莫不是還有兩個親人不曾見面？”他就把頭搖了兩三搖。二侄子走上前來問道：“二叔！莫不是還有兩筆銀子在那裏，不曾吩咐明白？”他把兩眼睛的溜圓，把頭又狠狠的搖了幾搖，越發指得緊了。奶媽抱着哥子插口道：“老爺想是因兩位舅爺不在跟前，故此記念？”

他聽了這話，把眼閉着搖頭。那手只是指着不動。趙氏慌忙揩揩眼淚，走上前道：「爺！只有我能知道你的心事。你是為那燈盞裏點的是兩莖燈草，不放心，恐費了油，我如今挑掉一莖就是了。」說罷，忙走去挑掉一莖。眾人看嚴監生時，點一點頭，把手垂下，登時就沒了氣。闔家大小號哭起來，準備入殮，將靈柩停在第三層中堂內。

次早打發幾個家人、小廝滿城去報喪。

趙氏領着小兒子，早晚在柩前舉哀。夥計、僕從、丫鬟、養娘，人人掛孝，門口一片都是白。看看鬧過頭七，王德、王仁，科舉回來了，齊來弔孝，留着過了一日去了。又過了三四日，嚴大老官也從省裏科舉了回來。幾個兒子，都在這喪堂裏。大老爹卸了行李，正和渾家坐着，吩咐拿水來洗臉。早見二房裏一個奶媽，領着一個小廝，手裏捧着端盒和一個氈包，走進來道：「二奶奶拜上大老爹，知道大老爺回家了，但熱孝在身，不便過來拜見，這兩套衣服和這銀子，是二爺臨終時說好的，送給大老爹作個遺念。就請大老爹過去。」

嚴貢生打開看了，簇新的兩套緞子衣服，齊臻臻的二百兩銀子，滿心歡喜。隨向渾家封了八分銀子賞封，遞給奶媽，說道：「上覆二奶奶，多謝。我即刻就過來。」打發奶媽和小廝去了，將衣服和銀子收好，又細問渾家，知道和兒子們都得了他些別敬，這是單留與大老官的。問畢，換了孝巾，繫了一條白布腰絰。走過那邊來，到柩前叫聲「老二！」乾號了幾聲，下了兩拜，趙氏穿着重孝，出來拜謝，又叫兒子磕伯伯頭，哭着說道：「我們苦命，他爺半路裏丟了去了，全靠大爺替我們做主！」嚴貢生道：「二奶奶，人生各稟的壽數，我老二已是歸天去了，你現今有恁個好兒子，慢慢的帶着他過活，焦怎的？」趙氏又謝了，請在書房裏擺飯，請二位舅爺來陪他吃了飯，吃罷挺着肚子去了。

"嚴監生因對自己吝嗇而病死，嚴貢生卻因對別人吝嗇而惹上官非，但仍不思悔改，時刻想着佔人家的便宜。"

"馬二先生本名馬純上，考了二十幾年科舉不中，但對八股文章的鑽研熱情絲毫不減，並專門從事選刻科舉考試的文章結集出版。竭力勸人走考科舉博功名之路。富家子蘧公孫因此與他成了好朋友。"

第四篇　馬二先生

蘧公孫因看見兩個表叔半世豪舉，落得一場掃興，把這做功名的心也看淡了。公孫那日打從街上走過，見一個新書店裡貼著一張整紅紙的報帖，上寫道：

本坊敦請處州馬純上先生精選三科鄉會墨程。凡有同門錄及碎卷賜顧者，幸認嘉興府大街文海樓書坊不誤。

公孫心裏想道："這原來是個選家，何不來拜他一拜？……"急寫個"同學教弟"的帖子，到書坊問道："這裏是馬先生下處？"店裏人道："馬先生在樓上。"因喊一聲道："馬二先生，有客來拜。"樓上應道："來了。"於是走下樓來。公孫看那馬二先生時，身長八尺，形容甚偉，頭戴方巾，身穿藍直裰，腳下粉底皂靴，面皮深黑，不多幾根鬍子。相見作揖讓坐。馬二先生看了帖子，說道："尊名向在詩上見過，久仰久仰！"公孫道："先生來操選政，乃文章山斗，小弟仰慕，晉謁已遲。"公孫又道："先生便是處州學，想是高補過的？"馬二先生道：“小弟補稟二十四年，蒙歷任宗師的青目，共考過六七個案首，只是科場不利，不勝慚愧！”公孫道：“遇合有時，下科一定是掄元無疑的了。”説了一會，公孫告別。

次早，馬二先生寫了回帖，來到蘧府。蘧公孫迎接進來，説道：“我兩人神交已久，不比泛常，今蒙賜顧，寬坐一坐，小弟備個家常飯，休嫌輕慢。”馬二問道：“先生名門，又這般大才，久已該高發了，因甚困守在此？”公孫道：“小弟因先君見背的早，在先祖膝下料理些家務，所以不曾致力於舉業。”馬二先生道：“你這就差了。舉業二字是從古及今人人必要做的。就如孔子生在春秋時候，只講得個‘言寡尤，行寡悔，祿在其中’，這便是孔子的舉業。到本朝用文章取士，這是極好的法則，就是夫子在而今，也要念文章、做舉業，何也？就日日講究‘言寡尤，行寡悔’，那個給你官做？孔子的道也就不行了，”一席話説得蘧公孫如夢方醒。又留他吃了晚飯，結為性命之交，相別而去。自此日日往來。

那日在文海樓彼此會着，看見刻的墨卷上目錄擺在桌上，上寫着“歷科墨卷持運”，下面一行刻着“處州馬純上氏評選”。蘧公孫笑着向他説道：“請教先生，不知尊選上面可好添上小弟一個名字，與先生同選，以附驥尾？”馬二先生正色道：“這個是有個道理的。站封面亦非容易之事，就是小弟，全虧幾十年考校的高，有些虛名，所以他們來請。只是你我兩個，只可獨站，不可合站，其中有個緣故。”蘧公孫道：“是何緣故？”馬二先生道：“這事不過是名利二者。小弟一不肯自己坏了名，自認做趨利。假若把你先生寫在第二名，那些世俗人就疑惑刻資出自先生，小弟豈不是個利徒了？若把先生寫在第一名，小弟這數十年虛名豈不都是假的了？先生自想也是這樣算計。”説着，坊裏捧出先生的飯來，一碗爁青菜，兩個小菜碟。馬二先生道：“這沒菜的飯，不好留先生用，奈何？”蘧公孫道：“這

馬二先生

個何妨？但我曉得長兄先生也是吃不慣素飯的，我這裏帶的有銀子。"忙取出一塊來，叫店主人家的二漢買了一碗熟肉來。兩人同吃了，公孫別去。

次日，馬二先生來辭別，要往杭州。公孫道："長兄先生才得相聚，為甚麼便要去？"馬二先生道："我原在杭州選書，因這文海樓請我來選這一部書，今已選完，在此就沒事了。"公孫道："選書已完，何不搬來我小齋住着，早晚請教。"馬二先生道："你此時還不是養客的時候。況且杭州各書店裏等着我選考卷，還有些未了的事，沒奈何，只得要去。倒是先生得閒來西湖上走走，那西湖山光水色，頗可以添文思。"公孫不能相強，封了二兩銀子，備了些熏肉小菜，親自到文海樓來送行，要了兩部新選的墨卷回去。

馬二先生上船一直來到斷河頭，問文瀚樓的書坊，乃是文海樓一家，到那裏去住了幾日，沒有甚麼文章選，腰裏帶了幾個錢，要到西湖上走走。

這西湖乃是天下第一個真山真水的景致。且不說那靈隱的幽深，天竺的清雅，只這出了錢塘門，過聖因寺，上了蘇堤，中間是金沙港，轉過去就望見雷峰塔，到了淨慈寺，有十多里路，真乃五步一樓，十步一閣，一處是金粉樓台，一處是竹籬茅舍，一處是桃柳爭妍，一處是桑麻遍野。那些賣酒的青帘高揚，賣茶的紅炭滿爐，士女遊人，絡繹不絕，真不數"三十六家花酒店，七十二座管弦樓"。

　　馬二先生獨自一個，步出錢塘門，在茶亭裏吃了幾碗茶，到西湖沿上牌樓跟前坐下。出來過了雷峰塔，遠遠望見高高下下許多房子，蓋着琉璃瓦，曲曲折折，無數的朱紅欄杆。馬二先生走到跟前，看見一個極高的山門，一個直匾，金字，上寫着"敕賜淨慈禪寺"。山門傍邊一個小門，馬二先生走了進去，一個大寬展的院落，地下都是水磨的磚，才進二道山門，兩邊廊上都是幾十層極高的階級。那些富貴人家的女客，成羣逐隊，裏裏外外，來往不絕，都穿的是錦繡衣服。風吹起來，身上的香一陣陣的撲人鼻子。馬二先生身子又長，戴一頂高方中，一幅烏黑的臉，腆着個肚子，只管在人窩子裏撞。女人不看他，他也不看女人。前前後後跑了一交，又出來坐在那茶亭內——上面一個橫匾，金書"南屏"兩字，吃了一碗茶。櫃上擺着許多碟子，橘餅、芝麻糖、粽子、燒餅、處片、黑棗、煮栗子。馬二先生每樣買了幾個錢的，不論好歹，吃了一飽。直着腳跑進清波門，到了下處關門睡了。因為走多了路，在下處睡了一天。

　　第三日起來，要到城隍山走走。城隍山就是吳山，就在城中，馬二先生走不多遠，已到了山腳下。望着幾十層階級，馬二先生一氣走上，不覺氣喘。看見一個大廟門前賣茶，吃了一碗。進去見是吳相國伍公之廟，馬二先生作了個揖，又走上去，就象沒有路的一般，左邊一個門，門上釘着一個匾，匾上"片石居"三個字，裏面也象是個花園，有些樓閣。馬二先生步了進去，站了一會，再走上去，一個大廟，甚是巍峨，便是城隍廟。他便一直走進去，瞻仰了一番。過了城隍廟，又是一條小街，街上酒樓、麵店都有，還有幾個簇新的書店。店裏帖着報單，上寫："處州馬純上先生精選《三科程墨持運》於此發賣。"

馬二先生見了歡喜，走進書店坐坐，取過一本來看，問個價錢，又問："這書可還行？"書店人道："墨卷只行得一時，那裏比得古書。"

　　馬二先生起身出來，因略歇了一歇腳，就又往上走。過這一條街，上面無房子了，是極高的個山岡，一步步上去走到山岡上，左邊望着錢塘江，明明白白。再走上些，右邊又看得見西湖，雷峰塔一帶、湖心亭都望見，馬二先生心曠神怡，只管走了上去，又看見一個大廟門前擺着茶桌子賣茶，馬二先生兩腳酸了，且坐吃茶。兩邊一望，一邊是江，一邊是湖，又有那山色一轉圍着，又遙見隔江的山，高高低低，忽隱忽現。馬二先生歎道："真乃'載華嶽而不重，振河海而不泄，萬物載焉'！"吃了兩碗茶，肚裏正餓，恰好一個鄉裏人捧着許多燙麵薄餅來賣，又有一籃子煮熟的牛肉。馬二先生大喜，買了幾十文餅和牛肉，就在茶桌子上盡興一吃。吃得飽了，自思趁着飽再上去。馬二照着這條路走去，見那玲瓏怪石，千奇萬伏。鑽進一個石罅，見石壁上多少名人題詠，馬二先生也不看他。過了一個小石橋，照着那極窄的石磴走上去，又是一座大廟，又有一座石橋，甚不好走。馬二先生攀藤附葛，走過橋去。見是個小小的祠宇，上有匾額，寫着"丁仙之祠"。馬二先生在丁仙祠正要跪下求籤，後面一人叫一聲馬二先生，馬二先生回頭一看，那人像個神仙，慌忙上前施禮道："學生不知先生到此，有失迎接。但與先生素昧平生，何以便知學生姓馬？"那人道："'天下何人不識君'？先生既遇着老夫，不必求籤了，且同到敝寓談談。"馬二先生道："尊寓在那裏？"那人指道："就在此處，不遠。"當下攜了馬二先生的手，走出丁仙祠，卻是一條平坦大路，一塊石頭也沒有，未及一刻功夫，已到了伍相國廟門口。馬二先生心裏疑惑："原來有這近路！我方才走錯了。"又疑惑：

“恐是神仙縮地騰雲之法也不可知。……”來到廟門口，那人道：“這便是敝寓，請進去坐。”

那知這伍相國殿後有極大的地方，又有花園，園裏有五間大樓，四面窗子望江望湖。那人就住在這樓上，邀馬二先生上樓，施禮坐下。那人四個長隨，齊齊整整，都穿着綢緞衣服，每人腳下一雙新靴，上來小心獻茶。那人吩咐備飯，一齊應諾下去了。馬二先生舉眼一看，樓中間接着一張匹紙，上寫冰盤大的二十八個大字一首絕句詩道：

> 南渡年來此地遊，而今不比舊風流。
> 湖光山色渾無賴，揮手清吟過十洲。

後面一行寫“天台洪憨仙題”。馬二先生看過《綱鑒》，知道南渡是宋高宗的事，屈指一算，已是三百多年，而今還在，一定是個神仙無疑。因問道：“這佳作是老先生的？”那仙人道：“憨仙便是賤號。偶爾遣興之作，頗不足觀。先生若愛看詩句，前時在此，有同撫台、藩台及諸位當事在湖上唱和的一卷詩取來請教。”便拿出一個手卷來。馬二先生放開一看，都是各當事的親筆，一遞一首，都是七言律詩，詠的西湖上的景，圖書新鮮，着實贊了一回，收遞過去。捧上飯來，一大盤稀爛的羊肉，一盤糟鴨，一大碗火腿蝦圓雜膾，又是一碗清湯，雖是便飯，卻也這般熱鬧。馬二先生腹中尚飽，因不好辜負了仙人的意思，又盡力的吃了一餐，撤下傢伙去。

洪憨仙道：“先生久享大名，書坊敦請不歇，今日甚閒暇到這祠裏來求籤？”馬二先生道：“不瞞老先生說，晚學今年在嘉興選了一部文章，送了幾十金，卻為一個朋友的事墊用去了。如今來到此處，雖住在書坊裏，卻沒有甚麼文章選。寓處盤費已盡，心裏納悶，出來閒走走，要在這仙祠裏求個籤，問問可有發財機會。誰想遇着老先生，已經說破晚生心事，這籤也不必求了。"洪憨仙道："發財也不難，但大財須緩一步。自今權且發個小財，好麼？"馬二先生道："只要發財，那論大小！只不知老先生是甚麼道理？"洪憨仙沉吟了一會，說道："也罷，我如今將些許物件送與先生，你拿到下處去試一試。如果有效驗，再來問我取討；如不相干，別作商議。"因走進房內，牀頭邊摸出一個包子來打開，裏面有幾塊黑煤，遞與馬二先生道："你將這東西拿到下處，燒起一爐火來，取個罐子把他頓在上面，看成些甚麼東西，再來和我說。"

馬二先生接着，別了憨仙，回到下處。晚間果然燒起一爐火來，把罐子頓上，那火支支的響了一陣，取罐傾了出來，竟是一錠細絲紋銀。馬二先生喜出望外，一連傾了六七罐，倒出六七錠大紋銀。馬二先生疑惑不知可用得，當夜睡了。次日清早，上街到錢店裏去看，錢店都說是十足紋銀，隨即換了幾千錢，拿回下處來，馬二先生把錢收了，趕到洪憨仙下處來謝。憨仙已迎出門來道："昨晚之事如何？"馬二先生道："果是仙家妙用！"如此這般，告訴憨仙傾出多少紋銀，憨仙道："早哩！我這裏還有些，先生再拿去試試。"又取出一個包子來，比前有三四倍，送與馬二先生。又留着吃過飯，別了回來。馬二先生一連在下處住了六七日，每日燒爐傾銀子，把那些黑煤都傾完了，上戥子一秤，足有八九十兩重。馬二先生歡喜無限，一包一包收在那裏。

一日，憨仙來請說話。馬二先生走來。憨仙道："先生，你是處州，我是台州，相近，原要算桑里。今日有個客來拜我，我和你要認作中表弟兄，將來自有一番交際，斷不可誤。"馬二先生道："請問這位尊客是誰？"憨仙道："便是這城裏胡尚書家三公子，名縝，字密之。尚書公遺下宦囊不少，這位公子卻有錢癖，思量多多益善，要學我這'燒銀'之法；眼下可以拿出萬金來，以為爐火藥物之費。但此事須一居間之人。先生大名他是知道的，況在書坊操選，是有蹤跡可尋的人，他更可以放心。如今相會過，訂了此事，到七七四十九日之後，成了'銀母'，凡一切銅錫之物，點着即成黃金，豈止數十百萬。我是用他不着，那時告別還山，先生得這'銀母'，家道自此也可小康了，"馬二先生見他這般神術，有甚麼不信，坐在下處，等了胡三公子來。三公子同憨仙施禮，便請問馬二先生："貴鄉貴姓？"憨仙道："這是舍弟，各書坊所貼處州馬純上先生選《三科墨程》的便是。"胡三公子改容相接，施禮坐下。三公子舉眼一看，見憨仙人物軒昂，行李華麗，四個長隨輪流獻茶，又有選家馬先生是至戚，歡喜放心之極。坐了一會，去了。

次日，憨仙同馬二先生坐轎子回拜胡府，馬二先生又送了一部新選的墨卷，三公子留着談了半日，回到下處。頃刻，胡家管家來下請帖，兩副：一副寫洪大爺，一副寫馬老爺。帖子上是："明日湖亭一卮小集，候教！胡縝拜訂。"持帖人說道："家老爺拜上太爺，席設在西湖花港御書樓旁園子裏，請太爺和馬老爺明日早些。"憨仙收下帖子。次日。兩人坐轎來到花港，園門大開，胡三公子先在那裏等候。兩席酒，一本戲，吃了一日。當下極豐盛的酒饌點心馬二先生用了一飽。胡三公子約定三五日再請到家寫立合同，央馬二先生居間，然後打掃家裏花園，以為丹室。先兌出一萬銀子，託憨仙修製藥物，請到丹室內住下。三人說定，到晚席散，馬二先生坐轎竟回文瀚樓。一連四天，不見憨仙來請，便走去看他。一進了門，見那幾個長隨不勝慌張，問其所以，憨仙病倒了，症候甚重，醫生說脈息不好，已是不肯下藥。馬二先生大驚，急上樓進房內去看。已是奄奄一息，頭也抬不起來。馬二先生心好，就在這裏相伴，晚間也不回去，捱過兩日多，那憨仙壽數已盡，斷氣身亡。那四個人慌了手腳，寓處擄一擄，只得四五件綢緞衣服還當得幾兩銀子，其餘一無所有，幾個箱子都是空的。這幾個人也並非長隨，是一個兒子，兩個侄兒，一個女婿，這時都說出來，馬二先生聽在肚裏，替他着急。此時棺材也不夠買。馬二先生有良心，趕着下處去取了十兩銀子來，與他們料理，兒子守着哭泣，侄子上街買棺材，女婿無事，同馬二先生到間壁茶館裏談談。 馬二先生道："你令岳是個活神仙，今年活了三百多歲，怎麼忽然又死起來？"女婿道："笑話！他老人家今年只得六十六歲，那裏有甚麼三百歲！想着他老人家，也就是個不守本分，慣弄玄虛，尋了錢又混用掉了，而今落得這一個收場。不瞞老先生說，我們都是買賣人，丟着生意，同他做這虛頭事，他而今直腳去了，累我們討飯回鄉，那裏說起！"馬二先生道："他老人家牀頭間有那一包一包的'黑煤'，燒起爐來，一傾就是紋銀，"女婿道："那裏是甚麼'黑煤'！那就是銀子，用煤煤黑了的！一下了爐，銀子本色就現出來了。那原是個做出來哄人的，用完了那些，就沒的用了。"馬二先生道："還有一說：他若不是神仙，怎的在丁仙祠初見我的時候，並不曾認得我，就知我姓馬？"女婿道："你又差了，他那日在片石居扶乩出來，看見你坐在書店看書，書店問你尊姓，你說我就是書面上馬甚麼，他聽了知道的。世間那裏來的神仙！"馬二先生恍然大悟："他原來結交我是要借我騙胡三公子，幸得胡家時運高，不得上算。"又想道："他虧負了我甚麼？我到底該感激他。"當下回來，候着他裝殮，算還廟裏房錢，叫腳子抬到清波門外厝着。

馬二先生送殯回來，依舊到城隍山吃茶。忽見茶室旁邊添了一張小桌子，一個少年坐着拆字。那少年雖則瘦小，卻還有些精神。卻又古怪，面前擺着字盤筆硯，手裏卻拿着一本書看。馬二先生心裏詫異，假作要拆字，走近前一看，原來就是他新選的《三科程墨持運》。馬二先生竟走到桌旁板凳上坐下，那少年丟下文章，問道："是要拆字的？"馬二先生道："我走累了，借此坐坐。"那少年道："請坐，我去取茶來。"即向茶室裏開了一碗茶，送在馬二先生跟前，陪着坐下。馬二先生見他乖覺，問道："長兄，你貴姓？可就是這本城人？"那少年又看見他戴着方巾，知道是學裏朋友，便道："晚生姓匡，不是本城人。晚生在溫州府樂清縣住。"馬二先生見他戴頂破帽，身穿一件單布衣服，甚是襤褸，因說道："長兄，你離家數百里，來省做這件道路？這事是尋不出大錢來的，連糊口也不足。你今年多少尊庚？家下可有父母妻子？我看你這般勤學，想也是個讀書人。"那少年道："晚生今年二十二歲，還不曾娶過妻子，家裏父母俱存。自小也上過幾年學，因是家寒無力，讀不成了。去年跟着一個賣柴的客人來省城，在柴行裏記賬，不想客人消折了本錢，不得回家，我就流落在此。前日一個家鄉人來，說我父親在家有病，於今不知個存亡，是這般苦楚。"說着，那眼淚如豆子大掉了下來。馬二先生着實惻然，說道："你且不要傷心。你尊諱尊字是甚麼？"那少年收淚道："晚生叫匡迥，號超人。還不曾請問先生仙鄉貴姓。"馬二先生道："這不必問，你方才看的文章，封面上馬純上就是我了。"匡超人聽了這話，慌忙作揖，磕下頭去，說道："晚生真乃'有眼不識泰山'！"馬二先生忙還了禮，說道："快不要如此，我和你萍水相逢，斯文骨肉。這拆字到晚也有限了，長兄何不收了，同我到下處談談？"匡超人道："這個最好。先生請坐，等我把東西收了。"當下將筆硯紙盤收了，做一包背着，同桌凳寄在對門廟裏，跟馬二先生到文瀚樓。

馬二先生到文瀚樓開了房門坐下。問道："長兄，你此時心裏可還想着讀書上進？還想着家去看看尊公麼？"匡超人見問這話，又落下淚來，道："先生，我現今衣食缺少，還拿甚麼本錢想讀書上進？這是不能的了。只是父親在家患病，我為人子的，不能回去奉侍，禽獸也不如，所以幾回自心裏恨極，不如早尋一個死處！"馬二先生勸道："決不要如此。只你一點孝思，就是天地也感格的動了。"當下留他吃了晚飯，又問道："比如長兄你如今要回家去，需得多少盤程？"匡超人道："先生，我那裏還講多少？只這幾天水路搭船，到了旱路上，我難道還想坐山轎不成？背了行李走，就是飯食少兩餐，也罷，我只要到父親跟前，死也瞑目！"馬二先生道："這也使得。你今晚且在我這裏住一夜，慢慢商量。"到晚，馬二先生又問道："你當時讀過幾年書？文章可曾成過篇？"匡超人道："成過篇的。"馬二先生笑着向他說："我如今大膽出個題目，你做一篇，我看看你筆下可望得進學。這個使得麼？"匡超人道："正要請教先生，只是不通，先生休笑。"馬二先生道："說那裏話，我出一題，你明日做。"說罷，出了題，送他在那邊睡。

次日，馬二先生才起來，他文章已是停停當當，送了過來。馬二先生喜道："又勤學，又敏捷，可敬可敬！"把那文章看了一遍，道："文章才氣是有，只是理法欠些。"將文章按在桌上，拿筆點着，從頭至尾，講了許多虛實反正、吞吐含蓄之法與他。他作揖謝了要去。馬二先生道："休慌。你在此終不是個長策，我送你盤費回去。"匡超人道："若蒙資助，只借出一兩銀子就好了。"馬二先生道："不然，你這一到家，也要些須有個本錢奉養父母，才得有功夫讀書。我這裏竟拿十兩銀子與你，你回去做些生意，請醫生看你尊翁的病。"當下開箱子取出十兩一封銀子，又尋了一件舊棉襖、一雙鞋，都遞與他，道："這銀子你拿家去，這鞋和衣服，恐怕路上冷，早晚穿穿。"匡超人接了衣裳、銀子，兩淚交流道："蒙先生這般相愛，我匡迥何以為報！意欲拜為盟兄，將來諸事還要照顧。只是大膽，不知長兄可肯容納？"

　　馬二先生大喜，當下受了他兩拜，結為兄弟。留他在樓上，收拾菜蔬，替他餞行。吃着，向他説道："賢弟，你聽我説。你如今回去，奉事父母，總以文章舉業為主。人生世上，除了這事，就沒有第二件可以出頭。不要説算命拆字是下等，就是教館、作幕，都不是個局。只是有本事進了學，中了舉人、進士，即刻就榮宗耀祖。這就是《孝經》上所説的'顯親揚名'，才是大孝。古語道得好：'書中自有黃金屋，書中自有千鐘粟，書中自有顏如玉。'而今甚麼是書？就是我們的文章選本了。賢弟，你回去奉養父母，總以做舉業為主。那害病的父親，睡在牀上，沒有東西吃，果然聽見你念文章的聲氣，他心花開了，分明難過也好過，分明那裏疼也不疼了。這便是曾子的'養志'。假如時運不好，終身不得中舉，一個廩生是掙得來的。到後來，做任教官，也替父母請一道封誥，我是百無一能，年紀又大了，賢弟你少年英敏，可細聽愚兄之言，圖個日後宦途相見。"説罷，又到自己書架上，細細檢了幾部文章，塞在他棉襖裏捲着，説道："這都是好的，你拿去讀下。"匡超人依依不捨，又急於要回家去看父親，只得灑淚告辭，馬二先生攜着手，同他到城隍山舊下處取了鋪蓋，一直送到江船上。看着上了船，馬二先生辭別進城去了。

"匡超人受了馬二先生的指教，下決心走科考入仕的道路。"

第五篇　匡童生盡孝

　　匡超人過了錢塘江，要搭溫州的船。看見一隻船正走着，他就問："可帶人？"船家道："我們是撫院大人差上鄭老爹的船，不帶人的。"匡超人背着行李正待走，船窗裏一個白鬚老者道："駕長，單身客人帶着也罷了，添着你買酒吃。"船家道："既然老爹吩咐，客人你上來罷。"把船撐到岸邊，讓他下了船。匡超人放下行李，向老爹作了揖，看見艙裏三個人：中間鄭老爹坐着，他兒子坐在旁邊，這邊坐着一外府的客人。鄭老爹還了禮，叫他坐下。匡超人為人乖巧，在船上不拿強拿，不動強動，一口一聲只叫"老爹"。那鄭老爹甚是歡喜，有飯叫他同吃。飯後行船無事，鄭老爹說起："而今人情澆薄，讀書的人都不孝父母。這溫州姓張的，弟兄三個都是秀才，兩個疑惑老子把家私偏了小兒子，在家打吵，吵的父親急了，出首到官。虧得學裏一位老師爺持正不依，詳了我們大人衙門，大人准了，差了我到溫州提這一干人犯去。"那客人道："這一提了來審實，府、縣的老爺不都有礙？"鄭老爹道："審出真情，一總都是要參的！"匡超人聽見這話，自心裏歎息："有錢的不孝父母，象我這窮人，要孝父母又不能，真乃不平之事！”過了兩日，上岸起早，謝了鄭老爹。鄭老爹飯錢一個也不問他要，他又謝了。一路曉行夜宿，來到自己村莊，望見家門。

匡超人望見自己家門，心裏歡喜，急急走來敲門。母親聽見是他的聲音，開門迎了出來，看見道：“小二！你回來了！”匡超人道：“娘！我回來了！”放下行李，整一整衣服，替娘作揖磕頭。他娘捏一捏他身上，見他穿着極厚的棉襖，方才放下心。向他説道：“自從你跟了客人去後，這一年多，我的肉身時刻不安！一夜夢見你掉在水裏，我哭醒來。一夜又夢見你頭戴紗帽……。”

外邊説着話，他父親匡太公在房裏已聽見兒子回來了，登時那病就輕鬆些，覺得有些精神。匡超人走到跟前，叫一聲：“爹！兒子回來了！”上前磕了頭。太公叫他坐在牀沿上，細細告訴他這得病的緣故，説道：“自你去後，你三房裏叔子就想着我這個屋。照時值估價還要少幾兩，分明知道我等米下鍋，要殺我的巧。我賭氣不賣給他，他就下一個毒，串出上手業主拿原價來贖我的。業主你曉得的，還是我的叔輩，他倚恃尊長，開口就説：‘本家的產業是賣不斷的。’我説：‘就是賣不斷，這數年的修理也是要認我的。’他一個錢不認，只要原價回贖，那日在祠堂裏彼此爭論，他竟把我打起來。回來就病倒了。自從我病倒，日用益發艱難。我又睡在這裏，終日只有出的氣，沒有進的氣，間壁又要房子翻蓋，不顧死活，三五天一回人來催，你又去得不知下落。你娘想着，一場兩場的哭！”

匡超人道：“爹，這些事都不要焦心，且靜靜的養好了病。我在杭州，虧遇着一個先生，他送了我十兩銀子，我明日做起個小生意，尋些柴米過日子。三房裏來催，怕怎的！等我回他。”

母親走進來叫他吃飯，吃罷，忙走到集上，把剩的盤程錢買了一隻豬蹄來家煨着，晚上與太公吃。匡超人等菜爛了，和飯拿到父親面前。扶起來坐着。太公因兒子回家，心裏歡喜，又有些葷菜，當晚那菜和飯也吃了許多。剩下的，請了母親同哥進來，在太公面前，放桌子吃了晚飯。太公看着歡喜，直坐到更把天氣，才扶了睡下。匡超人將被單拿來，在太公腳跟頭睡。次日清早起來，拿銀子到集上買了幾口豬，養在圈裏，又買了斗把豆子。先把豬肩出一個來殺了，燙洗乾淨，分肌劈理的賣了一早晨；又把豆子磨了一廂豆腐，也都賣了錢，拿來放在太公牀底下。見太公煩悶，便搜出些西湖上景致，以及賣的各樣的吃食東西，又聽得各處的笑話，曲曲折折，細說與太公聽。太公聽了也笑。太公過了一會，向他道："我要出恭，快喊你娘進來。"母親忙走進來，正要替太公墊布，匡超人道："爹要出恭，不要這樣出了，像這布墊在被窩裏，出的也不自在，況每日要洗這布，娘也怕熏的慌，不要熏傷了胃氣。"太公道："我站的起來出恭倒好了，這也是沒奈何！"匡超人道："不要站起來，我有道理，"連忙走到廚下端了一個瓦盆，盛上一瓦盆的灰，拿進去放在牀面前，就端了一條板凳，放在瓦盆外邊，自己扒上牀，把太公扶了橫過來，兩隻腳放在板凳上，屁股緊對着瓦盆的灰。他自己鑽在中間，雙膝跪下，把太公兩條腿捧着肩上，讓太公睡的安安穩穩，自在出過恭，把太公兩腿扶上牀，仍舊直過來。又出的暢快，被窩裏又沒有臭氣。他把板凳端開，瓦盆拿出去倒了，依舊進來坐着。

到晚，坐一會，服侍太公睡下，蓋好了被。他便把省裏帶來的一個大鐵燈盞裝滿了油，坐在太公傍邊，拿出文章來念。太公睡不着，夜裏要吐痰、吃茶，一直到四更鼓，他就讀到四更鼓。太公叫一聲，就在跟前。太公夜裏要出恭，從前沒人服侍，就要忍到天亮，今番有兒子在傍伺侯，夜裏要出就出，晚飯也放心多吃幾口。匡超人每夜四鼓才睡，只睡一個更頭便要

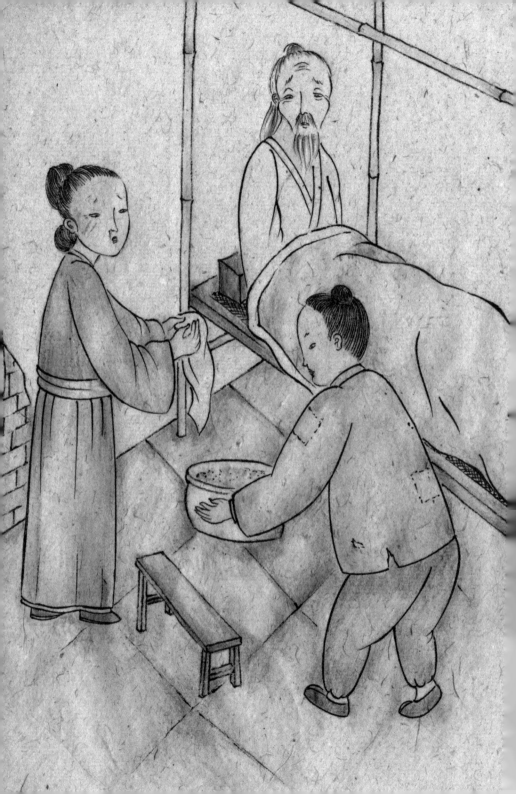

起來殺豬，磨豆腐。

　　過了四五日，他哥在集上回家的早，集上帶了一個小雞子在嫂子房裏煮着，又買了一壺酒，要替兄弟接風，說道："這事不必告訴老爹罷。"匡超人不肯，把雞先盛了一碗送與父母，剩下的，兄弟兩人在堂裏吃着。恰好三房的阿叔過來催房子，匡超人丟下酒，向阿叔作揖下跪，請阿叔坐下吃了幾杯酒，便提到出房子的話，匡超人道："阿叔莫要性急，放着弟兄兩人在此，怎敢白賴阿叔的房子住？就是沒錢典房子，租也租兩間出去住了，把房子讓阿叔。只是而今我父親病着，人家說，病人移了牀，不得就好。如今我弟兄着急請先生替父親醫，若是父親好了，作速的讓房子與阿叔。只管占着阿叔的，不但阿叔要催，就是我父母兩個老人家住的也不安。"阿叔見他這番話說的中聽，又婉委，又爽快，倒也沒的說了，只說道："一個自家人，不是我只管要來催，因為要一總拆了修理，既是你恁說，再耽帶些日子罷。"匡超人道："多謝阿叔！"

　　匡超人那日讀書到二更多天，正讀得高興，忽聽窗外鑼響，許多火把簇擁着一乘官轎過去，後面馬蹄一片聲音，自然是本縣知縣過，他也不曾出聲，由着他過去了。不想知縣這一晚就在莊上住下了公館，心中歎息："這樣鄉村地面，夜深時分還有人苦功讀書，實為可敬！只不知這人是秀才是童生？何不傳保正來問一問？"當下傳了潘保正來，問道："莊南頭廟門傍那一家，夜裏念文章的是個甚麼人？"保正知道就是匡家，悉把這念文章的匡迥介紹了一番，他每日念到三四更鼓。不是個秀才，也不是個童生，只是個小本生意人。"知縣聽罷慘然，吩咐道："我這裏發一個帖子，你明日拿出去致意這匡迥，說我此時也不便約他來會，現今考試在即，叫他報名來應考，如果文章會做，我提拔他。"保正領命下來。

　　次日清早，知縣進城回衙去了。保正叩送了回來，飛跑走到匡家，敲開了門，説道：“恭喜！”匡超人問道：“何事？”保正從帽子裏取出一個單帖來遞與他。上寫：“侍生李本瑛拜。”匡超人看見是本縣縣主的帖子，嚇了一跳，忙問：“老爹，這帖是拜那個的？”保正悉把如此這般“都稟明了老爺。老爺發這帖子與你，説不日考校，叫你去應考，是要抬舉你的意思。”匡超人喜從天降，捧了這個帖子去向父親説了，太公也歡喜。

過了幾天時，縣裏果然出告示考童生。匡超人買卷子去應考。考過了，發出團案來，取了。復試，匡超人又買卷伺候。知縣坐了堂，頭一個點名就是他。知縣叫住道：“你今年多少年紀了？”匡超人道：“童生今年二十二歲。”知縣道：“你文字是會做的。這回復試，更要用心，我少不得照顧你。”匡超人磕頭謝了，領卷下去。復試過兩次，出了長案，竟取了第一名案首，報到鄉裏去。匡超人拿手本上來謝，知縣傳進宅門去見了，問其家裏這些苦楚，便封出二兩銀子來送他：“這是我分俸些須，你拿去奉養父母。到家並發奮加意用功，府考、院考的時候，你再來見我，我還資助你的盤費。”匡超人謝了出來，回家把銀子拿與父親，把官説的這些話告訴了一遍。太公着實感激，捧着銀子，在枕上望空磕頭，謝了本縣老爺。

這時殘冬已過，開印後宗師按臨溫州。匡超人叩別知縣，知縣又送了二兩銀子。他到府，府考過，接着院考，考了出來，恰好知縣上轅門見學道，在學道前下了一跪，説：“卑職這取的案首匡迥，是孤寒之士，且是孝子。”就把他行孝的事細細説了。學道道：“昨看匡迥的文字，理法雖略有未清，才氣是極好的。貴縣請回，領教便了。”匡超人又進城去謝知縣。知縣留着吃了酒飯，叫他拜做老師，事畢回家。到那日，封了進見禮去見了學師回來，太公又吩咐買個牲醴到祖墳上去拜奠。

那日上墳回來，太公覺得身体不大爽利，從此病一日重似一日，太公自知不濟，叫兩個兒子都到跟前，吩咐道：“我這病犯得拙了，眼見得望天的日子遠，入地的日子近。我一生是個無用的人，一塊土也不曾丟給你們，兩間房子都沒有了。第二的僬倖進了一個學，將來讀讀書，會上進一層也不可知，但功名到底是身外之物，德行是要緊的。我看你在孝悌上用心，極是難得，卻又不可因後來日子過的順利些，就添出勢利見識來，改變了小時的心事。我死之後，你一滿了服，就急急的要尋一頭親事，總要窮人家的兒女，萬不可貪圖富貴，攀高結貴。你哥是個混賬人，你要到底敬重他，和奉事我的一樣才是！”兄弟兩個哭着聽了，太公瞑目而逝，闔家大哭起來，匡超人呼天搶地，一面安排裝殮。因房屋偏窄，停放過了頭七，將靈柩送在祖塋安葬，滿莊的人都來弔孝送喪。兩弟兄謝過了客。匡大照常開店。匡超人逢七便去墳上哭奠。

那一日，正從墳上奠了回來，剛才到家，潘保正走來向他說道：“二相公，你可知道，縣裏老爺壞了？今日委了溫州府二太爺來摘了印去了，他是你老師，你也該進城去看看。”匡超人次日換了素服，進城去看。那曉得百姓要留這官，鳴鑼罷市，圍住了摘印的官，要奪回印信，把城門大白日關了，鬧成一片。匡超人不得進去，只得回來再聽消息。

第三日，聽得省裏委下安民的官來了，要拿為首的人。匡超人從墳上回來，潘保正迎着道：“不好了，禍事到了！”匡超人道：“甚麼禍事？”潘保正道：“到家去和你說。”當下到了匡家，坐下道：“昨日安民的官下來，百姓散了，上司叫這官密訪為頭的人，已經拿了幾個。衙門裏有兩個沒良心的差人，就把你也密報了，說老爺待你甚好，你一定在內為頭要保留，是那裏冤枉的事！如今上面還要密訪，他若訪出是實，恐怕就有人下來拿，依我的意思，你不如在外府去躲避些時，沒有官司就罷，若有，我替你維持。"

匡超人驚得手慌腳忙，說道："這是那裏晦氣！多承老爹相愛，說信與我，只是我而今那裏去好？"潘保正道："你自心裏想，那處熟就往那處去。"匡超人道："我只有杭州熟，卻不曾有甚相與的。"潘保正道："你要往杭州，我倒有個堂兄弟，行三，人都叫他潘三爺，現在布政司裏充吏，家裏就在司門前山上住。你去尋着了他，凡事叫他照應。他是個極慷慨的人，不得錯的。"匡超人道："既是如此，費老爹的心寫下書子，我今晚就走才好。"當下潘老爹一頭寫書，他一面囑咐哥嫂家裏事務，灑淚拜別母親，拴束行李，藏了書子出門。潘老爹送上大路回去。

"善良純淨，講孝道、重情義的青年。在儒林中，卻走向了墮落。"

第六篇　匡超人的蛻變

匡超人背着行李，走到文瀚樓問馬二先生，已是回處州去了。文瀚樓主人認的他，留在樓上住。次日，拿了書子到司前去找潘三爺。進了門，家人回道："三爺不在家，前幾日奉差到台州學道衙門辦公事去了。"匡超人道："幾時回家？"家人道："才去，怕還要三四十天功夫。"

匡超人只得回來，次日清晨，文瀚樓店主人走上樓來，坐下道："先生，而今有一件事相商。"匡超人問是何事。主人道："日今我和一個朋友合本，要刻一部考卷賣，要費先生的心，替我批一批，又要批的好，又要批的快。合共三百多篇文章，不知要多少日子就可以批得出來？我如今扣着日子，好發與山東、河南客人帶去賣，若出的遲，山東、河南客人起了身，就誤了一覺睡。這書刻出來，封面上就刻先生的名號，還多寡有幾兩選金和幾十本樣書送與先生。不知先生可趕的來？"匡超人道："大約是幾多日子批出來方不誤事？"主人道："須是半個月內有的出來，覺得日子寬些，不然就是二十天也罷了。"匡超人心裏算計，半個月料想還做的來，當面應承了。主人隨即搬了許多的考卷文章上樓來，午間又備了四樣菜，説："發

• 61

樣的時候再請一回，出書的時候又請一回。平常每日就是小菜飯，初二、十六，跟着店裏吃'牙祭肉'，茶水、燈油，都是店裏供給。"匡超人大喜，當晚點起燈來，替他不住手的批，就批出五十篇，聽聽那樵樓上，才交四鼓。匡超人喜道："像這樣，那裏要半個月！"吹燈睡下，次早起來又批，一日搭半夜，總批得七八十篇。屈指六日之內，把三百多篇文章都批完了。做了個序文在上，又還偷着功夫去拜了同席吃酒的這幾位朋友。選本已成，書店裏拿去看了，回來説道："向日馬二先生在家兄文海樓，三百篇文章要批兩個月，催着還要發怒，不想先生批的恁快！我拿給人看，説又快又細。先生住着，將來各書坊裏都要來請先生，生意多哩！"因封出二兩選金，送來説道："刻完的時候，還送先生五十個樣書。"備了酒在樓上吃。

又過了半個多月，書店考卷刻成，請先生，那晚吃得大醉。次早睡在牀上，只聽下面喊道："匡先生有客來拜。"話説匡超人睡在樓上，聽見有客來拜，慌忙穿衣起來下樓。見一個人坐在樓下，頭戴吏巾，身穿無緞直裰，腳下蝦蟆頭厚底皂靴，黃鬍子，高顴骨，黃黑面皮，一雙直眼。那人見匡超人下來，便問道："此位是匡二相公麼？"匡超人道："賤姓匡，請問尊客貴姓？"那人道："在下姓潘，前日看見家兄書子，説你二相公來省。"匡超人道："原來就是潘三哥"。慌忙作揖行禮，請到樓上坐下。自己下去拿茶，又託書店買了兩盤點心，拿上樓來。潘三正在那裏看斗方，看見點心到了，説道："哎呀！這做甚麼？"接茶在手，指着壁上道。"二相公，你到省裏來，和這些人相與做甚麼？"匡超人問是怎的。潘三道："這一班人是有名的獃子。這姓景的開頭巾店，本來有兩千銀子的本錢，一頓詩做的精光。他每日在店裏，手裏拿着一個刷子刷頭巾，口裏還哼的是'清明時節雨紛紛'，把那買頭巾的和店鄰看了都笑。而今折了本錢，只借這做詩為由，遇着人就借銀子。二相公，你在客邊要做些有想頭的事，這樣人同他混纏做甚麼？"當下吃了兩個點心，便丟下，說道："我和你到街上去吃飯。"叫匡超人鎖了門，同到街上司門口一個飯店裏。潘三叫切一隻整鴨膾，一賣海參雜膾，又是一大盤白肉，都拿上來。飯店裏見是潘三爺，屁滾尿流，鴨和肉都揀上好的極肥的切來，海參雜膾加味用作料。兩人先斟兩壺酒。酒罷用飯，剩下的就給了店裏人。出來也不算賬，只吩咐得一聲："是我的。"那店主人忙拱手道："三爺請便，小店知道。"

走出店門，潘三道："到我家去坐坐。"同着一直走到一個巷內，兩扇半截板門，又是兩扇重門。進到廳上，一夥人在那裏圍着一張桌子賭錢，潘三道："也罷，我有個朋友在此，你們弄出幾個錢來熱鬧熱鬧。"匡超人要同他施禮。他攔住道："方才見過罷了，又作揖怎的？你且坐着。"當下走了進去，拿出兩千錢來，向眾人說道："兄弟們，這個是匡二相公的兩千錢，放與你們，今日打的頭錢都是他的。"向匡超人道："二相公，你在這裏坐着，看着這一個管子。這管子滿了，你就倒出來收了，讓他們再丟。"便拉一把椅子叫匡超人坐着，他也在旁邊看。

看了一會，外邊走進一個人來請潘三爺說話。原來是開賭場的王老六。潘三道："老六，久不見你，尋我怎的？"老六道："請三爺在外邊說話。"潘三同他走了出來，找一個僻靜茶室裏坐下。跟王老六來的那個人道："如今有一件事，可以發個小財，這離城四十里外，有個鄉裏人施美卿，賣弟媳婦與黃祥甫，銀子都兌了，弟媳婦要守節，不肯嫁。施美卿同媒人商議着要搶，媒人說：'我不認得你家弟媳婦，你須是說出個記認。'施美卿說：'每日清早上是我弟媳婦出來屋後抱柴，你明日與眾人伏在那裏，遇着就搶罷了。'眾人依計而行，到第二日搶了家去。不想那一日早，弟媳婦不曾出來，是他乃眷抱柴，眾人就搶了去。隔着三四十里路，已是睡了一晚。施美卿來要討他的老婆，這裏不肯。施美卿告了狀。如今那邊要訴，卻因講親的時節不曾寫個婚書，沒有憑據，而今要寫一個，來同老爹商議。還有這衙門裏事，都託老爹料理，有幾兩銀子送作使費。"潘三道："這是甚麼要緊的事，也這般大驚小怪！你且坐着，我等黃頭説話哩。"

須臾，黃球來到。黃球見了那人道："原來郝老二也在這裏。"潘三道："不相干，他是説別的話。"因同黃球另在一張桌子上坐下。王老六同郝老二又在一桌。黃球道："方才這件事，三老爹是怎個施為？"潘三道："他出多少銀子？"黃球道："他連使費一總乾淨，出二百兩銀子。"潘三道："你想賺他多少？"黃球道："只要三老爹把這事辦的妥當，我是好處多寡分幾兩銀子罷了，難道我還同你老人家爭？"潘三道："既如此，罷了，我家現住着一位樂清縣的相公，他和樂清縣的太爺最好，我託他去人情上弄一張回批來。"

當下兩人來家，賭錢的還不曾散。潘三看看賭完了，送了眾人出去，留下匡超人來道："二相公，你住在此，我和你説話。"當下留在後面樓上，起了一個婚書稿，叫匡超人寫了把與郝老二看，叫他明日拿銀子來取。打發郝二去了。吃了晚飯，點起燈來，念着回批，叫匡超人寫了。家裏有的是豆腐乾刻的假印，取來用上。又取出硃筆，叫匡超人寫了一個趕回文書的硃籤。辦畢，拿出酒來對飲，向匡超人道："像這都是有些想頭的事，也不枉費一番精神，和那些呆瘟纏甚麼！"是夜留他睡下。次早，兩處都送了銀子來，潘三收進去，隨即拿二十兩銀子遞與匡超人，叫他帶在寓處做盤費。匡超人歡喜接了，遇便人也帶些家去與哥添本錢。書坊各店也有些文章請他選。潘三一切事都帶着他分幾兩銀子，身上漸漸光鮮。他果然聽了潘三的話，和那邊的名士來往稀少。

　　不覺住了將及兩年。一日，潘三走來道："二相公，好幾日不會，同你往街上吃三杯。"匡超人鎖了樓門，同走上街。才走得幾步，只見潘家一個小廝尋來了說："有客在家裏等三爺說話。"潘三道："二相公，你就同我家去。"當下同他到家，請匡超人在裏間小客座裏坐下。潘三同那人在外邊，潘三道："李四哥，許久不見，一向在那裏？"李四道："我一向在學道衙門前。今有一件事，回來商議，而今會着三爺，這事不愁不妥了。"潘三道："你又甚麼事搗鬼話？你是'馬蹄刀瓢裏切菜，滴水也不漏'，總不肯放出錢來。"李四道："這事是有錢的。"潘三道："你且説是甚麼事。"李四道："目今宗師按臨紹興了，有個金東崖在部裏做了幾年衙門，掙起幾個錢來，而今想兒子進學。他兒子叫做金躍，卻是一字不通的，考期在即，要尋一個替身。"潘三道："他愿出多少銀子？"李四道："紹興的秀才，足足值一千兩一個。他如今走小路，一半也要他五百兩。只是眼下且難得這個替考的人。又必定是怎樣裝一個何等樣的人進去？那替考的筆資多少？衙門裏使費共是多少？剩下的你我怎樣一個分法？"潘三道："通共五百兩銀子，你還想在這裏頭分一個分子，這事就不必講了。你只好在他那邊得些謝禮，這裏你不必想。"李四道："三爺，就依你説也罷了。到底是怎個做法？"潘三道："你總不要管，替考的人也在我，衙門裏打點也在我，你只叫他把五百兩銀子兌出來，封在當鋪裏，另外拿三十兩銀子給我做盤費，我總包他一個秀才。若不得進學，五百兩一絲也不動。可妥當麼？"李四道："這沒的說了。"

　　潘三送了李四出去，回來向匡超人説道："二相公，這個事用的着你了。"匡超人道："我方才聽見的。用着我，只好替考。但是我還是坐在外面做了文章傳遞，還是竟進去替他考？若要進去替他考，我竟沒有這樣的膽子。"潘三道："不妨，有我哩！我怎肯害你？且等他封了銀子來，我少不得同你往紹興去。"當晚別了回寓。過了幾日，潘三果然來搬了行李同行，過了錢塘江，一直來到紹興府，在學道門口尋了一個僻靜巷子寓所住下。次日，李四帶了那童生來會一會。潘三打聽得宗師掛牌考會稽了，三更時分，帶了匡超人，悄悄同到班房門口。拿出一頂高黑帽、一件青布衣服、一條紅搭包來，叫他除了方巾，脫了衣裳，就將這一套行頭穿上。附耳低言："如此如此，不可有誤。"把他送在班房，潘三拿着衣帽去了。

交過五鼓，學道三炮升堂，超人手執水火棍，跟了一班軍牢夜役，吆喝了進去，排班站在二門口。學道出來點名，點到童生金躍，匡超人遞個眼色與他，那童生是照會定了的，便不歸號，悄悄站在黑影裏。匡超人就退下幾步，到那童生跟前，躲在人背後，把帽子除下來與童生戴着，衣服也彼此換過來。那童生執了水火棍，站在那裏。匡超人捧卷歸號，做了文章，放到三四牌才交卷出去，回到下處，神鬼也不知覺。發案時候，這金躍高高進了。

潘三同他回家，拿二百兩銀子以為筆資。潘三道："二相公，你如今得了這一注橫財，這就不要花費了，做些正經事。"匡超人道："甚麼正經事？"潘三道："你現今服也滿了，還不曾娶個親事。我有一個朋友，姓鄭，在撫院大人衙門裏。這鄭老爹是個忠厚不過的人，父子都當衙門。他有第三個女兒，託我替他做個媒，我一向也想着你，年貌也相當，一向因你沒錢，我就不曾認真的替你說，如今只要你情願，我一說就是妥的，你且落得招在他家，一切行財下禮的費用，我還另外幫你些。"匡超人道："這是三哥極相愛的事，我有甚麼不情願？"潘三果然去和鄭老爹說，取了庚帖來，只問匡超人要了十二兩銀子去換幾件首飾，做四件衣服，過了禮去，擇定十月十五日入贅。

到了那日，潘三備了幾碗菜，請他來吃早飯。吃着，向他說道：「二相公，我是媒人，我今日送你過去。這一席子酒，就算你請媒的了。」匡超人聽了也笑。吃過，叫匡超人洗了澡，裏裏外外都換了一身新衣服，頭上新方巾，腳下新靴，潘三又拿出一件新寶藍緞直裰與他穿上。吉時已到，叫兩乘轎子，兩人坐了。轎前一對燈籠，竟來入贅。鄭老爹家住在巡撫衙門傍一個小巷內，一間門面，到底三間。那日新郎到門，鄭老爹迎了出來，翁婿一見，才曉得就是那年回去同船之人，這一番結親真是夙因。

鄭家把匡超人請進新房見新娘端端正正，好個相貌，滿心歡喜。合巹（緊）成親，不必細說。荏苒滿月，鄭家屋小，不便居住。潘三替他在書店左近典了四間屋，價銀四十兩，又買了些桌椅傢伙之類，搬了進去。請請鄰居，買兩石米，所存的這項銀子，已是一空。還虧事事都是潘三幫襯，辦的便宜。又還虧書店尋着選了兩部文章，有幾兩選金，又有樣書，賣了些將就度日。到得一年有餘，生了一個女兒，夫妻相得。

一日，正在門首閒站，忽見一個青衣大帽的人一路問來，問到跟前，說道：「這裏可是樂清匡相公家？」匡超人道：「正是，台駕那裏來的？」那人道：「我是給事中李老爺差往浙江，有書帶與匡相公。」匡超人聽見這話，忙請那人進到客位坐下。取書出來看了，才知就是他老師因被參發審，審的參款都是虛情，依舊復任。未及數月，行取進京，授了給事中。這番寄書來約這門生進京，要照看他。匡超人留來人酒飯，寫了稟啟說：「蒙老師呼喚，不日整理行裝，即來趨教。」打發去了，隨即接了他哥匡大的書子，說宗師按臨溫州，齊集的牌已到，叫他回來應考。匡超人不敢怠慢，向渾家說了，一面接丈母來做伴，他便收拾行裝，去應歲考。考過，宗師着實稱贊，取在一等第一，又把他題了優行，貢入太學肄業，他歡喜謝了宗師。依舊回省，和潘三商議，要回樂清鄉裏去掛匾，豎旗杆，到織錦店裏織了三件補服：自己一件，母親一件，妻子一件。製備停當，又在各書店裏約了一個會。每店三兩，各家又另外送了賀禮。

正要擇日回家，那日景蘭江走來問候，就邀在酒店裏吃酒。講到潘三身上來，景蘭江道："你不曉得麼？潘三昨晚拿了，已是下在監裏。"匡超人大驚道："那有此事！我昨日午間才會着他，怎麼就拿了？"景蘭江道："千真萬確的事。不然我也不知道，我有一個舍親在縣裏當刑房，說竟是撫台訪牌下來，縣尊刻不敢緩，三更天出差去拿，還恐怕他走了，將前後門都圍起來，登時拿到。縣尊也不曾問甚麼，只把訪的款單掼了下來，把與他看。他看了也沒的辯，只朝上磕了幾個頭，就送在監裏去了。才走得幾步，到了堂口，縣尊叫差人回來，吩咐寄內號，同大盜在一處。你若不信，我同你到舍親家去看看款單。"匡超人道："這個好極，費先生的心，引我去看一看訪的是些甚麼事。"當下兩人會了賬，出酒店，一直走到刑房家。那刑房姓蔣，家裏還有些客坐着，見兩人來，問其來意。景蘭江說："這敝友要借縣裏昨晚拿的潘三那人款單看看。"刑房拿出款單來，這單就粘在訪牌上。那款單上開着十幾款：一、包攬欺隱錢糧若干兩；一、私和人命幾案；一、短截本縣印文及私動硃筆一案；一、假雕印信若干顆；一、拐帶人口幾案：一、重利剝民，威逼平人身死幾案，一、勾串提學衙門，買囑槍手代考幾案；……不能細述。

匡超人看了這款單，不覺颼的一聲，魂從頂門飛出去了。登時面如土色，自心下想道："這些事，也有兩件是我在裏面的，倘若審了，根究起來，如何了得！"當下同景蘭江別了刑房，景蘭江作別去了。匡超人到家，躊躇了一夜，不曾睡覺。娘子問他怎的，他不好真說，只說："我如今貢了，要到京裏去做官，你獨自在這裏住着不便，只好把你送到樂清家裏去。

你在我母親跟前，我便往京裏去做官，做的興頭，再來接你上任。"娘子道："你去做官罷了，我自在這裏，接了我媽來做伴。你叫我到鄉裏去，我那裏住得慣？"匡超人道："你有所不知，我在家裏，日逐有幾個活錢，我去之後，你日食從何而來？老爹那邊也是艱難日子，他那有閒錢養活女兒？待要把你送在娘家住，那裏房子窄，我而今是要做官的，你就是誥命夫人，住在那地方不成体面，不如還是家去好。現今這房子轉的出四十兩銀子，我拿幾兩添着進京，剩下的你帶去，放在我哥店裏，你每日支用。我家那裏東西又賤，雞、魚、肉、鴨，日日有的，有甚麼不快活？"娘子再三再四不肯下鄉，他終日來逼，逼的急了，哭喊吵鬧了幾次。他不管娘子肯與不肯，竟託書店裏人把房子轉了，拿了銀子回來，娘子到底不肯去，那丈人鄭老爹見女婿就要做官，責備女兒不知好歹，着實教訓了一頓。女兒拗不過，方才允了。叫一隻船，把些傢伙什物都搬在上。匡超人託阿舅送妹子到家，擇個日子動身，娘子哭哭啼啼，拜別父母，上船去了。

匡超人也收拾行李來到京師見李給諫，給諫大喜。又過了幾時，給諫問匡超人可曾婚娶。匡超人暗想，老師是位大人，在他面前說出丈人是撫院的差，恐惹他看輕了笑，只得答道："還不曾。"

給諫次晚遣一個老成管家來到書房裏向匡超人說道："家老爺拜上匡爺。因昨日談及匡爺還不曾恭喜娶過夫人，家老爺有一外甥女，是家老爺夫人自小撫養大的，今年十九歲，才貌出眾，現在署中，家老爺意欲招匡爺為甥婿。一切恭喜費用俱是家老爺備辦，不消匡爺費心。所以着小的來向匡爺叩喜。"匡超人聽見這話，嚇了一跳，思量要回他說已經娶過的，前日卻說過不曾；但要允他，又恐理上有礙。又轉一念道："戲文上說的蔡狀元招贅牛相府，傳為佳話，這有何妨！"便應允了。

給諫大喜，進去和夫人說下，擇了吉日，張燈結彩，倒賠數百金裝奩，把外甥女嫁與匡超人。到那一日，一派細樂，引進洞房。揭去方中，見那新娘子辛小姐，真有沉魚落雁之容，閉月羞花之貌，人物又標致，嫁裝又齊整，匡超人此時恍若親見瑤宮仙子、月下嫦娥，那魂靈都飄在九霄雲外去了。自此，珠圍翠繞，燕爾新婚，享了幾個月的天福。

不想教習考取，要回本省地方取結。匡超人沒奈何，含着一包眼淚，只得別過了辛小姐，回浙江來，一進杭州城，先到他原舊丈人鄭老爹家來。進了鄭家門，這一驚非同小可，只見鄭老爹兩眼哭得通紅，對面客位上一人便是他令兄匡大，裏邊丈母嚎天喊地的哭，匡超人嚇癡了，向丈人作了揖，便問："哥幾時來的？老爹家為甚事這樣哭？"匡大道："你且搬進行李來，洗臉吃茶，慢慢和你說。"匡超人洗了臉，走進去見丈母，被丈母敲桌子，打板凳，哭着一場數說："總是你這天災人禍的，把我一個嬌滴滴的女兒生生的送死了！"匡超人此時才曉得鄭氏娘子已是死了，忙走出來問他哥。匡大道："自你去後，弟婦到了家裏，為人最好，母親也甚歡喜。那想他省裏人，過不慣我們鄉下的日子。況且你嫂子們在鄉下做的事，弟婦是一樣也做不來，又沒有個白白坐着，反叫婆婆和嫂子伏侍他的道理，因此心裏着急，吐起血來。靠大娘的身子還好，倒反照顧他，他更不過意。鄉裏又沒個好醫生，病了不到一百天，就不在了。我也是才到，所以鄭老爹、鄭太太聽見了哭。"匡超人聽見了這些話，止不住落下幾點淚來，說他是個誥命夫人，到家請會畫的替他追個像，把鳳冠補服畫起來，逢時遇節，供在家裏，叫小女兒燒香，他的魂靈也歡喜。

又過了三四日，景蘭江同着刑房的蔣書辦找了來說話，見鄭家房子淺。要邀到茶室裏去坐，匡超人近日口氣不同，雖不說，意思不肯到茶室，景蘭江揣知其意，當下邀二人上了酒樓，斟上酒來，景蘭江問道：“潘三哥在監裏，前日再三和我説，聽見尊駕回來了，意思要會一會，敍敍苦情。不知先生你意下何如？”匡超人道：“潘三哥是個豪傑，本該竟到監裏去看他一看，只是小弟而今比不得做諸生的時候，既替朝廷辦事，就要照依着朝廷的賞罰，若到這樣地方去看人，便是賞罰不明了。”蔣刑房道：“這本城的官並不是你先生做着，你只算去看看朋友，有甚麼賞罰不明？”匡超人道：“二位先生，這話我不該説，因是知己面前不妨。潘三哥所做的這些事，便是我做地方官，我也是要訪拿他的。如今倒反走進監去看他，難道説朝廷處分的他不是？這就不是做臣子的道理了。況且我在這裏取結，院裏、司裏都知道的，如今設若走一走，傳的上邊知道，就是小弟一生官場之玷。這個如何行得！若小弟僥倖，這回去就得個肥美地方，到任一年半載，那時帶幾百銀子來幫襯他，倒不值甚麼。”兩人見他説得如此，大約沒得辯他，吃完酒，各自散訖。蔣刑房自到監裏回覆潘三去了。

趣味重溫（1）

一、你明白嗎？

1. 請解釋橫線文字的意思。

   a. 馬二先生叫匡迥回家後，奉事父母時，不要忘記以文
      章<u>舉業</u>為主。人生世上，除了這事，就沒有第二件可
      以出頭。　　　　　　　　　　　　　　＿＿＿＿＿

   b. 匡迥的母親見到他穿了厚衣服回家，應該不虞凍餒，
      才下放心，告訴兒子記掛之情，"這一年多，我的肉身
      時刻不安！一夜夢見你掉在水裏，我哭醒來。一夜又
      夢見你<u>頭戴紗帽</u>……。　　　　　　　　＿＿＿＿＿

   c. 縣裏老爺壞了，今日委了溫州府二太爺來<u>摘了印</u>去了 ＿＿＿＿＿

   d. 想兒子進學，他兒子卻是一字不通的，考期在即，要
      尋一個<u>替身</u>。　　　　　　　　　　　　＿＿＿＿＿

   e. 而今甚麼是書？就是我們的文章<u>選本</u>了。　＿＿＿＿＿

   f. 我們學校規矩，<u>老友</u>是從來不同小友序齒的。＿＿＿＿＿

   g. 周進走到<u>貢院</u>門口，想挨進去看，被看門的大鞭子打
      了出來。　　　　　　　　　　　　　　　＿＿＿＿＿

2. 書中人物描寫非常傳神，請填寫下列人物的行為反映的是甚麼性格：

   a. 嚴監生臨死時因為燈盞裏多點了一根燈草，遲遲不肯
      斷氣。　　　　　　　　　　　　　　　（　　　）

   b. 匡超人未考上童生時，在家侍候父親上廁所。（　　　）

   c. 周進看見號房的門，一頭撞在號板上，又在一二三號
      號房挨個大哭。　　　　　　　　　　　（　　　）

   d. 范進中舉之後，拜訪官員，宴席間因為母親去世，菜
      來了也不肯下箸，直到換了筷子。看見他在燕窩碗裏
      揀了一個大蝦丸子送在嘴裏，方才放心。（　　　）

3. 未有高級功名的，未做官的讀書人，所從事的職業是甚麼？

    a. 周進 → _____ 和 _____

    b. 范進 → _____

    c. 匡超人 → _____

    d. 馬二 → _____

    e. 吳敬梓 → _____

二、想深一層

1. 精彩的小說都擅長利用對話顯示人物的心理。細讀下表，選擇及填寫
   空白的欄位：

人物	a. 與范進關係	動作	説話	b. 心態
眾人		大眼望小眼，一齊道：	"原來新貴人歡喜瘋了。"	
老太太		哭道：	"怎生這樣苦命的了！中了一個甚麼舉人，就得了這個拙病！這一瘋了，幾時才得好！"	
娘子胡氏		道：	"早上好好出去，怎的就得了這樣的病？卻是如何是好！"	
胡屠戶		詫異道：	"難道這等沒福！"	

b 項選擇：關心，失望，驚訝，焦慮

2. 書中揭露了科舉制度對讀書人的毒害。細讀下面句子，將正確答案填在括弧內。

1. 范進窮一生精力應付科舉考試，雖然屢考屢敗，仍不死心，直到五十四歲才中秀才。後來他打算去應鄉試，卻被胡屠戶奚落，叫他死心，但他寧可讓家人挨餓也要再去應考；及至中舉，他竟然歡喜得發了瘋。這表現了他（　　）的性格。

   A. 迂腐無能　　B. 熱中功名　　C. 世態炎涼

2. 范進未中舉前，家裏斷糧都沒有人問，中舉後鄉鄰都來接濟。表現了當時社會的（　　）。

   A. 冷酷無情　　B. 庸俗勢利　　C. 世態炎涼

3. 胡屠戶在范進中秀才後，盛氣凌人地辱罵他，説他是"窮鬼"、"爛忠厚沒用的人"，他只唯唯諾諾；他向胡屠戶借盤費，屠戶用不堪入耳的説話罵他，甚至罵他母親是"老不死的老娘"，他也毫不生氣，充分表現出范進（　　）的性格。

   A. 嫌貧愛富　　B. 庸俗勢利　　C. 逆來順受、怯懦麻木

4. 范進中舉前潦倒窮困，胡屠戶辱罵他為"現世寶"、"窮鬼"，説他"尖嘴猴腮"，想中舉是"癩蝦蟆想食天鵝肉"，提到"萬貫傢俬"的張老爺等，便説是"文曲星"下凡，"一個個方面大耳"。由此可見，他是個（　　）的人。

   A. 嫌貧愛富，尖酸刻薄　　B. 庸俗勢利　　C. 世態炎涼

5. 家裏窮得無飯吃，范進手足無措，還要等母親"吩咐"，才慌忙出去賣雞，可是他在集上一踱一步，東張西望，老半天仍未能把雞賣出，證明他平日只埋首讀書，充分説明他是（　　）的人。

   A. 嫌貧愛富　　B. 庸俗勢利　　C. 迂腐無能

3. 中國用語裏有些常用詞語與科舉制度有關，請看下面有關明清科舉考試的表，填入相關詞語。

考試類別	舉行	考試地點	所獲資格	成績最優者
童試	三年一次	府、縣	秀才	廩生
鄉試	三年一次	省城	舉人	解元
會試	與殿試同年舉行	首都的禮部	貢士	會元
殿試	三年一次	紫禁城大殿	進士	狀元

a. 鄉試，會試，殿試三次重要考試都考最優成績，得到第一名 → 成語：＿＿＿元

b. 在最高一級考試得到第一名的名銜 → 成語：＿元＿＿

c. 由童試開始，考到進士，花的時間很長 → 成語：＿年＿＿

三、延伸思考

1. 《儒林外史》除了寫讀書人考試，還寫了不少人考了試做了官之後的情況，以及官場的黑暗。你認為這些不良現象和科舉制度有關係嗎？

2. 官員不認識匡超人，見他勤學，又孝順，鼓勵他考童生，考過第一次試，跟他說 "你文字是會做的。這回覆試，更要用心，我少不得照顧你。"考上童生第一名後，還拿出自己的工薪資助他養家、考試，又向負責考試的考官推薦他。這種做法是不是合情、合理和合法？

3. 魯迅在《吶喊》中也塑造了一個受科舉制度毒害的迂腐善良讀書人孔乙己。他和范進的經歷和遭遇有甚麼異同？

科舉與考試

"十年窗下無人問，一舉成名天下知"，是形容中國讀書人最常用的一句話。唐朝開始，中國建立了以科舉考試選拔人才做官的制度，於是考上功名，是讀書人能夠實現做官的唯一途徑。不管是為國為民還是為了陞官發財，如果考不上科舉，滿肚子學問也沒有機會發揮。

科舉考試本來分成不同科目來選拔，所以叫做"科舉"。

怎麼選拔人才，是一個重要又難解決的問題。唐代之前，中國有不同的用人制度，例如秦朝以前，主要由貴族治國，直到春秋戰國時，各國要競爭，到處招攬人才，不再講究貴族血統，於是自問有才學的人，就到處游說各國諸侯。到了漢代，實行以現任官員舉薦為主、考試為輔的選官制度，但是舉薦可以弄虛作假，使察舉制度變成世族門閥壟斷政治特權的工具。唐朝定為科舉制度，通過多次考試，成績好的才有資格參加最後一級的中央統一考試。明清時期正式定為鄉試、會試和殿試的三級考試。這種考試制度實行了一千三百多年，到 1905 年才廢除。後來教育改用現在我們習慣的學校制度，選官則用其他辦法。

"八股文"是明清兩朝科舉考試的內容，相當於今天的考試題。八股是規定的文章格式，全文由八段組成，每段規定作用，如破題、承題等，時稱"八股文"。至於試題的內容，則專考儒家經典，而且

規定用宋朝的程朱理學的説法，不能用其他的解釋。明清時期許多有識之士，對這種規定得死死的考試制度深惡痛絕。

吳敬梓生於八股取士最風行的時代。在《儒林外史》中，他通過馬純上因受程朱理學的毒害，所以時時不忘向人宣傳舉業的話，以及嚴貢生關了人家的豬還惡人先告狀等行為，諷刺程朱理學和教條式的倫理道德的殘酷和虛偽。

但科舉制度並非一無是處，科舉制度向各階層的讀書人開放，幾乎所有讀書人都能報考，不問家世，只要寫出好文章，就能實現"朝為田舍郎，暮登天子堂"的理想，所以中國古代的社會上下流動很暢順，沒有永遠的政治貴族。在"唯才是舉"的政策下，的確從平民中選拔了大量優秀人才，如張九齡、韓愈、柳宗元、白居易、杜牧、沈括、蘇軾、文天祥、張居正、曾國藩、林則徐、張之洞、蔡元培等。但也有讀書人終其一生，埋頭於八股文章，考到七、八十歲一無成就，平白浪費了光陰。

今天的考試制度有溫故知新的作用，也有選取優秀讀書人的用意，與古代的科舉制度暗合，特別是升學的統一考試。但是現在科目內容比八股文實際得多。而且升學考試並不是成才的唯一途徑。而現今社會，成就自己的途徑比古代寬廣很多，因此統一的升學考試並非人生的唯一選擇。

古往今來的事實表明，考試不是完美的選拔人才方式，實際上卻找不到更好更公平的競爭方式，而考試至少可以防止最壞的情況出現。

"作者筆下的兩個青年：墮落後的匡超人和冒姓小子牛浦郎，恰似一對既滑稽，又無賴的孿生兄弟。"

第七篇　真假牛布衣

匡超人取定了結，也便收拾行李上船。那時先包了一隻淌板船的頭艙，包到揚州，在斷河頭上船。上得船來，中艙先坐着兩個人：一個老年的，一個中年的，都戴着方巾。匡超人見是衣冠人物，便同他拱手坐下，問起姓名。那老年的道："賤姓牛，草字布衣。"匡超人聽見景蘭江説過的，便道："久仰。"又問那一位，牛布衣代答道："此位馮先生，尊字琢庵，乃此科新貴，往京師會試去的。"匡超人道："牛先生也進京麽？"牛布衣道："小弟不去，要到江上邊蕪湖縣地方尋訪幾個朋友，因與馮先生相好，偶爾同船，只到揚州，弟就告別。先生仙鄉貴姓？"匡超人説了姓名。馮琢庵道："先生是浙江選家。尊選有好幾部弟都是見過的。"匡超人道："我的文名也夠了。自從那年到杭州，至今五六年，考卷、墨卷、房書、行書、名家的稿子，還有《四書講書》、《五經講書》、《古文選本》家裏有個賬，共是九十五本。弟選的文章，每一回出，書店定要賣掉一萬部，山東、山西、河南、陝西、北直的客人，都爭着買，只愁買不到手；還有個拙稿是前年刻的，而今已經翻刻過三副板。不瞞二位先生説，此五省讀書的人，家家隆重的是小弟，都在書案上，香火蠟燭，供着‘先儒匡子之神位’。”牛布衣笑道：“先生，你此言誤矣！所謂‘先儒’者，乃已經去世之儒者，今先生尚在，何得如此稱呼？”匡超人紅着臉道：“不然！所謂‘先儒’者，乃先生之謂也！”牛布衣見他如此説，也不和他辯。馮琢庵又問道：“操選政的還有一位馬純上，選手何如？”匡超人道：“這也是弟的好友。這馬純兄理法有餘，才氣不足；所以他的選本也不甚行。選本總以行為主，若是不行，書店就要賠本，惟有小弟的選本，外國都有的！”彼此談着。過了數日，不覺已到揚州。馮琢庵、匡超人換了淮安船到王家營起早，進京去了。

　　牛布衣獨自搭江船過了南京，來到蕪湖，尋在浮橋口一個小庵内作寓。這庵叫做甘露庵，門面三間：中間供着一尊韋馱菩薩；左邊一間鎖着，堆些柴草；右邊一間做走路。進去一個大院落，六殿三間，殿後兩間房，一間是本庵一個老和尚自己住着，一間便是牛布衣住的客房。牛布衣日間出去尋訪朋友，晚間點了一盞燈，吟哦些甚麽詩詞之類。老和尚見他孤蹤，時常煨了茶送在他房裏，陪着説話到一二更天。若遇清風明月的時節，便同他在前面天井裏談説古今的事務，甚是相得。

　　不想一日，牛布衣病倒了，請醫生來，一連吃了幾十帖藥，總不見效。那日，牛布衣請老和尚進房來坐在牀沿上，説道：“我離家一千餘里，客居在此，多蒙老師父照顧，不想而今得了這個拙病，眼見得不濟事了。家中並無兒女，只有一個妻子，年紀還不上四十歲。前日我同來的一個朋友，又進京會試去了，而今老師父就是至親骨肉一般。我這牀頭箱内，有六兩銀子，我若死去，即煩老師父替我買具棺木，材頭上寫‘大明布衣牛先生之柩’，不要把我燒化了，倘得遇着個故鄉親戚，把我的喪帶回去，我在九泉之下，也是感激老師父的！”老和尚聽了這話，那眼淚止不住紛紛的落了下來，説道：“居士，你但放心，説兇得吉，你若果有些山高水低，這事都在我老僧身上。"牛布衣又掙起來，朝着牀裏面蓆子下拿出兩本書來，遞與老和尚，道："這兩本是我生平所做的詩，雖沒有甚麼好，卻是一生相與的人都在上面，我捨不得湮沒了，也交與老師父。有幸遇着個後來的才人替我流傳了，我死也瞑目！"老和尚雙手接了。挨到晚上，痰響了一陣，喘息一回，嗚呼哀哉，斷氣身亡。老和尚大哭了一場。忙取銀子去買了一具棺木來，拿衣服替他換上，央了幾個庵鄰，七手八腳，在房裏入殮，老和尚還走到自己房裏，披了袈裟，到他柩前來念"往生咒"。裝殮停當，脱去袈裟，同鄰居把柴搬到大天井裏堆着，將這屋安放了靈柩。取一張桌子，供奉香爐、燭臺、魂旛，俱各停當，又哭了一場。自此之後，老和尚每日早晚課誦，開門關門，一定到牛布衣柩前添些香，灑幾點眼淚。

那日定更時分，老和尚晚課已畢，正要關門，只見一個十七八歲的小廝，右手拿着一本經摺，左手拿着一本書，進門來坐在韋馱腳下，映着琉璃燈便念。老和尚不好問他，由他念到二更多天，去了。次日這時候，他又來念。一連念了四五日。老和尚忍不住了，見他進了門，上前問道："小檀越，你是誰家子弟？因甚每晚到貧僧這庵裏來讀書，這是甚麼緣故？"那小廝作了一個揖，叫聲"老師父，我姓牛，舍下就在這前街上住，因當初在浦口外婆家長的，所以小名就叫做浦郎。不幸父母都去世了，只有個家祖，年紀七十多歲，開個小香蠟店，胡亂度日，每日叫我拿這經摺去討些賒賬。我打從學堂門口過，聽見念書的聲音好聽，因在店裏偷了錢，買這本書

來念，卻是吵鬧老師父了。"老和尚道："我方才不是説的，人家拿大錢請先生教子弟，還不肯讀；像你小檀越偷錢買書念，這是極上進的事。但這裏地下冷，又琉璃燈不甚明亮，我這殿上有張桌子，又有個燈掛兒，你何不就着那裏去念，也覺得爽快些。"浦郎謝了老和尚，跟了進來，果然一張方桌，上面一個油燈掛，甚是幽靜。浦郎在這邊廂讀書，老和尚在那邊打坐，每晚要到三更天。

　　一日，老和尚聽見他念書，走過來問道："小檀越，我只道你是想應考，而今聽見你念的是詩，這個卻念他則甚？"浦郎道："我們經紀人家，那裏還想甚麼應考上進，只是念兩句詩破破俗罷了。"老和尚見他出語不俗，便道："你看這詩，講的來麼？"浦郎道："講不來的也多，若有一兩句講的來，不由的心裏覺得歡喜。"老和尚道："你既然歡喜，再念幾時我把兩本詩與你看，包你更歡喜哩。"又過了些時，老和尚下鄉到人家去念經，有幾日不回來，把房門鎖了，殿上託了浦郎。浦郎自心裏疑猜："老師父有甚麼詩，卻不肯就與我看，哄我想的慌。"趁老和尚不在家，到晚把房門撥開，走了進去。見桌上擺着一座香爐，一個燈盞，一串念珠，桌上放着些廢殘的經典，翻了一交，那有個甚麼詩？又尋到牀上，尋着一個枕箱，一把銅鎖鎖着，浦郎把鎖撬開，見裏面重重包裹，兩本錦面線裝的書，上寫"牛布衣詩稿"。浦郎喜道："這個是了！"慌忙拿了出來，把枕箱鎖好，走出房來，房門依舊關上，將這兩本書拿到燈下一看，不覺眉花眼笑，手舞足蹈的起來。又見那題目上都寫着："星相國某大人"，"怀督學周大人"，其餘某太守、某司馬，某明府、某少尹，不一而足。浦郎自想："這相國、督學、太史、通政以及太守、司馬、明府，都是而今的現任老爺們的稱呼，可見只要會做兩句詩，並不要進學、中舉，就可以同這些老爺們往來，何等榮耀！"因想："他這人姓牛，我也姓牛。他詩上只寫了牛布衣，並不曾有個名字，何不把我的名字，合着他的號，刻起兩方圖書來印在上面，這兩本詩可不算了我的了！我從今就號做牛布衣！"當晚回家盤算，喜了一夜。

次日，又在店裏偷了幾十個錢，走到吉祥寺門口一個刻圖書的郭鐵筆店裏櫃外，和郭鐵筆拱一拱手，坐下說道："要費先生的心，刻兩方圖書。"郭鐵筆遞過一張紙來道："請寫尊銜。"浦郎把自己小名去了一個"郎"字，寫道："一方陰文圖書，刻'牛浦之印'，一方陽文，刻"布衣'二字。"郭鐵筆接在手內，將眼上下把浦郎一看，說道："先生便是牛布衣麼？"浦郎答道："布衣是賤字。"郭鐵筆慌忙爬出櫃檯來重新作揖，請坐，奉過茶來，說道："久已聞得有位牛布衣住在甘露庵，容易不肯會人，相交的都是貴官長者，失敬失敬！尊章即鐫上獻醜，筆資也不敢領。此處也有幾位朋友仰慕先生，改日同到貴寓拜訪。"浦郎恐他走到庵裏，看出爻象(真相)，只得順口答道："極承先生見愛。但目今也因鄰郡一位當事約去做詩，還有幾時耽擱，只在明早就行，先生且不必枉駕，索性回來相聚罷。圖書也是小弟明早來領。"浦郎次日付了圖書，印在上面，藏的好好的。每晚仍在庵裏念詩。

他祖父牛老兒坐在店裏，間壁開米店的一位卜老爹走了過來，坐着說閒話："你老人家而今也罷了，生意這幾年也還興，你令孫長成人了，着實伶俐，你老人家有了接代，將來就是福人了。"牛老道："老哥！我老年不幸，把兒子媳婦都亡化了，丟下這個孽障種子，還不曾娶得一個孫媳婦，今年已十八歲了。每日叫他出門討賒賬，討到三更半夜不來家，將來我這幾根老骨頭，卻是叫何人送終？"說着，不覺悽惶起來。卜老道："這也不甚難擺劃的事，何不替他娶上一個孫媳婦，前後免不得要做的事。"牛老道，"老哥！我這小生意，日用還糊不過來，那得這一項銀子做這一件事？"卜老沉吟道："我先前有一個小女嫁在運漕賈家，不幸我小女病故了，女婿又出外經商，遺下一個外孫女，是我領來養在家裏，倒大令孫一歲，你若不棄嫌，就把與你做個孫媳婦，你我愛做親，我不爭你的財禮，你也不爭我的妝奩，行人錢都可以省得的。"牛老聽罷，忙斟了一杯酒送過來，出席作了一個揖。到晚，牛浦回來，祖父把卜老爹這些好意告訴了一番。牛浦不敢違拗，擇定十月二十七日吉期過門。

　　到了二十七日，牛老清晨起來，把自己的被褥搬到櫃檯上去睡。他家只得一間半房子，半間安着櫃檯，一間做客座，客座後半間就是新房。交了錢與牛浦出去買東西。那邊卜老爹已是料理了些鏡子、燈臺、茶壺，和一套盆桶，兩個枕頭，叫他大兒子卜誠做一擔挑了來，和牛老作了揖。牛老忙斟了一杯茶，雙手遞與卜誠，説道："卻是有勞的緊了，使我老漢坐立不安。"卜誠道："老伯快不要如此，這是我們自己的事。"説罷，坐下吃茶。隨后卜家第二個兒子卜信，端了一個箱子，內裏盛的是新娘子的針線鞋面，又一個大捧盤，十杯高果子茶，送了過來。到晚上，店裏拿了一對長枝的紅蠟燭點在房裏，每枝上插了一朵通草花，央請了鄰居家兩位奶奶把新娘子攙了過來，在房裏拜了花燭。

　　次日，卜老到牛家，兩口兒打扮出來，磕下頭去。牛老道："孫兒，我不容易看養你到而今。多虧了你這外公公替你成就了親事，你已是有了房屋了。我從今日起，就把店裏的事，即交付與你，一切買、賣、存留，都是你自己主張。我也老了，累不起了，你只當尋個老伙計罷了。孫媳婦是好的，只願你們夫妻百年偕老，多子多孫！"磕了頭起來請卜老爹轉上受禮，兩人磕下頭去。卜老道："我外孫女兒有甚不到處，姑爺，你指點他。敬重上人，凡事勤慎些，休惹老人家着急。"兩禮罷，説着，扶了起來。牛老又留親家吃早飯，卜老不肯，辭別去了。自此，牛家嫡親三口兒度日。

牛浦自從娶親，好些時不曾到庵裏去。那日出討賒賬，順路往庵裏走走，才到浮橋口，看見庵門外拴着五六匹馬，馬上都有行李，馬牌子跟着。牛浦不敢進去，老和尚在裏面一眼張見，慌忙招手道：「小檀越，你怎麼這些時不來？我正要等你說話哩，快些進來！」牛浦見他叫，大着膽走了進去，見和尚已經將行李收拾停當，恰待起身，因吃了一驚道：「老師父，你收拾了行李，要往那裏去？」老和尚道：「這外面坐的幾個人，是京裏九門提督齊大人那裏差來的。齊大人特地打發人來請我到京裏報國寺去做方丈。我本不願去，因前日有個朋友死在我這裏，他卻有個朋友到京會試去了，我今藉這個便，到京尋着他這個朋友，把他的喪奔了回去，也了我這一番心願。我前日說有兩本詩要與你看，就是他的，在我枕箱內，我此時也不得功夫了，你自開箱拿了去看。還有一牀褥子不好帶去，還有些零碎器用，都把與小檀越，你替我照應着，等我回來。」牛浦正要問話，那幾個人走進來說道：「今日天色甚早，還趕得幾十里路，請老師父快上馬，休誤了我們走道兒。」說着，把老和尚簇擁上馬。牛浦送了出來，只向老和尚說得一聲：「前途保重！」那一羣馬，潑剌剌的如飛一般也似去了。牛浦望不見老和尚，方才回來，自己查點一下東西，把老和尚鎖房門的鎖開了，取了下來，出門反鎖了庵門，回家歇宿。次日又到庵裏走走，自想：「老和尚已去，無人對證，何不就認做牛布衣？」因取了一張白紙，寫下五個大字道：「牛布衣寓內」。自此，每日來走走。

又過了一個月，他祖父牛老兒坐在店裏閒着，把賬盤一盤，見欠賬上人欠的也有限了，每日賣不上幾十文錢，又都是柴米上支銷去了，合共算起、本錢已是十去其七。氣的眼睜睜説不出話來，牛浦回家，問着他，總歸不出一個清賬，牛老氣成一病，七十歲的人，元氣衰了，病不過十日，壽數已盡，歸天去了。牛浦夫妻兩口，放聲大哭起來。卜老聽了，慌忙走過來，見屍首停在門上，叫着：“老哥！”眼淚如雨的哭了一場。見牛浦在旁哭的言不得，語不得。説道：“這時節不是你哭的事。”吩咐外孫女兒看好了老爹，“你同我出去料理棺衾。”牛浦揩淚，當下同到卜老相熟的店裏賒了一具棺材，又拿了許多的布，叫裁縫趕着做起衣裳來，當晚入殮。次早，雇了八個脚子，攑往祖墳安葬。卜老看着親家入土，又哭了一場，留着牛浦在墳上過了三日。

不覺已是除夕，卜老一家過年，卜老先送了幾斤炭，叫牛浦在房裏生起火來，又送了一桌酒菜，叫他除夕在房裏立起牌位來祭奠老爹。新年初一日，叫他到墳上燒紙錢去，又説道：“你到墳上去，向老爹説：我年紀老了，這天氣冷，我不能親自來替親家拜年。”説着，又哭了。牛浦應諾了去。卜老直到初三才出來賀節，在人家吃了幾杯酒，要家去，忽然遇着侄女婿一把拉了家去。侄女兒打扮着出來拜年。拜過了，留在房裏吃酒，捧上糯米做的年糰子來，吃了兩個，回來一路迎着風，就覺得有些不好。到晚頭疼發熱，就睡倒了。那日，卜老爹睡在牀上，見窗眼裏鑽進兩個人來，走到牀前，手裏拿了一張紙，遞與他看。別人都説不曾看見有甚麼人。卜老爹接紙在手，看見一張花邊批文，上寫着許多人的名字，都用硃筆點了，一單共有三十四五個人。頭一名牛相，他知道是他親家的名字。末了一名便是他自己名字卜崇禮。再要問那人時，把眼一眨，人和票子都不見了。卜老爹睡在牀上，親自看見地府勾牌，知道要去世了，即把兩個兒子、媳婦叫到跟前，又把方才看見勾批的話説了，道：“快替我穿了送老的衣服，我立刻就要去了。”兩個兒子哭哭啼啼，忙取衣服來穿上。穿着衣服，他口裏自言自語道："且喜我和我親家是一票，他是頭一個，我是末一個，他已是去得遠了，我要趕上他去。"說著，把身子一掙，一頭倒在枕頭上，兩個兒子都扯不住，忙看時，已沒了氣了。少不得修齋理七，報喪開弔，都是牛浦陪客。

那日，牛浦走到庵裏，庵門鎖著，開了門，只見一張帖子掉在地下，上面許多字，是從門縫裏送進來的。拾起一看，上面寫道：

> 小弟董瑛，在京師會試，於馮琢庵年兄處得讀大作，渴欲一晤，以得識荊。奉訪尊寓不值，不勝悵悵！明早幸駕少留片刻，以便趨教。至禱！至禱！

看畢，知道是訪那個真牛布衣的。但見帖子上有"渴欲識荊"的話，是不曾會過，"何不就認作牛布衣和他相會？"又想道："他說在京會試，定然是一位老爺，且叫他竟到卜家來會我，嚇他一嚇卜家弟兄兩個，有何不可？"主意已定，即在庵裏取紙筆寫了一個帖子，說道：

> 牛布衣近日館於舍親卜宅，尊客過問，可至浮橋南首大街卜家米店便是。

寫畢，帶了出來，鎖好了門，貼在門上。回家向卜誠、卜信說道："明日有一位董老爺來拜，他是要做官的人，我們不好輕慢。如今要借重大爺，明日早晨把客座裏收拾乾淨了，還要借重二爺，捧出兩杯茶來。這都是大家臉上有光輝的事，須幫襯一幫襯。"第二日，直到早飯時候，董孝廉下轎進來，頭戴紗帽，身穿淺藍色緞圓領，腳下粉底皂靴，三綹鬚，白淨面皮，約有三十多歲光景。進來行了禮，分賓主坐下。卜信捧出兩杯茶，從上面走下來，送與董孝廉。董孝廉接了茶，牛浦也接了。

牛浦又問道："老先生此番駕往何處？"董孝廉道："弟已授職縣令，今發來應天候缺，行李尚在舟中。因渴欲一晤，故此兩次奉訪。今既已接教過，今晚即要開船赴蘇州去矣。"說罷，起身要去。牛浦攀留不住，當下打躬作別，牛浦送到門外，上轎去了。

牛浦送了回來，說道："但凡官府來拜，規矩是該換三遍茶，你只送了一遍，就不見了，真的可笑！"卜誠道："姑爺，不是這樣說，雖則我家老二捧茶，不該從上頭往下走，你也不該就在董老爺眼前灑出來。不惹的董老爺笑？"牛浦道："董老爺看見了你這兩個灰撲撲的人，也就夠笑的了，何必要等你捧茶走錯了才笑？"卜信道："我們生意人家，也不要這老爺們來走動，沒有借多少光，反惹他笑了去！"牛浦道："不是我說一個大膽的話，若不是我在你家，你家就一二百年也不得有個老爺走進這屋裏來。"卜誠道："沒的扯淡！就算你相與老爺，你到底不是個老爺！"牛浦道："憑你向那個說去！還是坐着同老爺打躬作揖的好，還是捧茶給老爺吃，走錯路，惹老爺笑的好？"卜信道："不要噁心！我家也不希罕這樣老爺！"牛浦道："不希罕麼？明日向董老爺說：拿帖子送到蕪湖縣，先打一頓板子！"兩個人一齊叫道："反了！反了！外甥女婿要送舅丈人去打板子？是我家養活你這年把的不是了！就和你到縣裏去講講，看是打那個的板子？"牛浦道："那個怕你！就和你去！"

當下兩人把牛浦扯着，扯到縣門口，恰好遇着郭鐵筆走來，問其所以，卜誠道："郭先生，自古'一斗米養個恩人，一石米養個仇人'，這是我們養他的不是了！"郭鐵筆也着實說牛浦的不是，當下扯到茶館裏，叫牛浦斟了杯茶坐下。卜誠道：“牛姑爺，倒也不是這樣説，如今我家老爹去世，家裏人口多，我弟兄兩個，招攬不來，難得當着郭先生在此，我們把這話説一説。外甥女少不的是我們養着，牛姑爺也該自己做出一個主意來，只管不尷不尬住着，也不是事。”牛浦賭氣，來家拿了一牀被，搬在庵裏來住。沒的吃用，把老和尚的鐃、鈸、叮噹都當了，閒着無事，去望望郭鐵筆，鐵筆不在店裏，櫃上有人家寄的一部新《縉紳》賣。牛浦揭開一看，看見淮安府安東縣新補的知縣董瑛，字彥芳，浙江仁和人。説道：“是了！我何不尋他去？”忙走到庵裏，捲了被褥，又把和尚的一座香爐、一架磬，拿去當了二兩多銀子，也不到卜家告説，竟搭了江船，一日一夜就到了南京燕子磯，要搭到揚州的船。只見江沿上歇着一乘轎，那轎裏走出一個人來，吩咐船家道：“我是要到揚州鹽院太老爺那裏去説話的，你們小心伺候，我到揚州，另外賞你。”船家唯唯連聲，搭扶手，請上了船。店主人向牛浦道：“你快些搭去！”牛浦揹着行李，走到船尾上，船家一把把他拉了上船，搖手叫他不要則聲，把他安在煙篷底下坐。長隨在艙裏拿出“兩淮公務”的燈籠夾掛在艙口。叫船家把爐挑拿出來，在船頭上生起火來，煨了一壺茶，送進艙去。那人把艙後開了一扇板，一眼看見牛浦，問道：“這是甚麼人？何不進艙來坐坐？”，牛浦道：“不敢，拜問老先生尊姓？”那人道：“我姓牛，名瑤，草字叫做玉圃，我本是徽州人。你姓甚麼？”牛浦道：“晚生也姓牛，祖籍本來也是新安。”牛玉圃不等他説完，便接着道：“你既然姓牛，五百年前是一家。我和你祖孫相稱罷。我們徽州人稱叔祖是叔公，你從今只叫我做叔公罷了。”牛浦聽了這話，因問道：“叔公此番到揚州有甚麼公事？”牛玉圃道：“我不瞞你説，我八轎的官也不知相與過多少，那個不要我到他衙門裏去？而今這東家萬雪齋家，他圖我們相與的官府多，有些聲勢，每年請我在這裏，送我幾百兩銀，留我代筆。我自在子午宮住。你如今既認了我，我自有用的着你處。"船開到揚州，一直攏了子午宮下處，道士出來接着，安放行李，當晚睡下。次日早晨，拿出一頂舊方中和一件藍綢直裰來，遞與牛浦，道："今日要同往東家萬雪齋先生家，你穿了這個衣帽去。"當下叫了兩乘轎子，兩個長隨跟着，下轎走進了一個虎座的門樓，過了磨磚的天井，到了廳上。舉頭一看，中間懸着一個大匾，金字是"慎思堂"三字，傍邊一行"兩淮鹽運使司鹽運使荀玫書"。兩邊金箋對聯，寫："讀書好，耕田好，學好便好；創業難，守成難，知難不難。"中間掛着一軸倪雲林的畫。書案上擺着一大塊不曾琢過的璞。十二張花梨椅子。左邊放着六尺高的一座穿衣鏡。從鏡子後邊走進去，兩扇門開了，鵝卵石砌成的地，循着塘沿走，一路的朱紅欄杆。走了進去，舉眼一看，裏面擺的都是水磨楠木桌椅，中間懸着一個白紙墨字小匾。是"課花摘句"四個字。

兩人坐下吃了茶，那主人萬雪齋方從裏面走了出來，頭戴方中，手搖金扇，身穿澄鄉蘭綢直裰，腳下朱履，出來同牛玉圃作揖。牛玉圃叫過牛浦來見，說道："這是舍姪孫。見過了老先生！"萬雪齋道："玉翁為甚麼在京耽擱這許多時？"牛玉圃道："只為我的名聲太大了，一到京，住在承恩寺，就有許多人來求我寫字、做詩，畫夜打發不清。"萬雪齋正要揭開詩本來看，一個小廝飛跑進來稟道："宋爺請到了。"萬雪齋起身道："玉翁，本該奉陪，因第七個小妾有病，請醫家宋仁老來看，弟要去同他斟酌，暫且告過。你竟請在我這裏寬坐，用了飯，坐到晚去。"說罷去了。

牛玉圃向牛浦道："我和你且在那邊走走。"當下領着牛浦走過了一個小橋，循着塘沿走，望見那邊高高低低許多樓閣。那塘沿略窄，一路栽着十幾棵柳樹，不覺一腳蹉了個空，半截身子掉下塘去。牛玉圃惱了，沉着臉道："你原來是上不的臺盤的人！"忙叫小廝先送他回下處。牛浦到了下處，惹了一肚子的氣，足足的餓了半天。牛玉圃在萬家吃酒，直到更把天才回來，上樓又把牛浦數說了一頓。

第三日，萬家又有人來請，牛玉圃吩咐牛浦看着下處，自己坐轎子去了。牛浦同道士吃了早飯，與道士一直進了舊城在一茶館內坐下。茶館裏送上一壺乾烘茶，一碟透糖，一碟梅豆上來。吃着，道士道："牛相公，你這位令叔祖可是親房的？"牛浦道："也是路上遇着，敘起來聯宗的"。和道士分手後回到下處，只見牛玉圃已經回來，抱怨牛浦道："適才我叫看着下處，你為甚麼街上去胡撞！"牛浦道："我在門口，遇見敝縣的二公在門口過，他見我就下了轎子，說道'許久不見'，要拉到船上談談，故此去了一會。"牛玉圃見他會官，就不說他不是了。因問道："你這位二公姓甚麼？"牛浦道："他姓李，是北直人。也知道叔公。"牛玉圃道："他們在官場中，自然是聞我的名的。"牛浦道："他說也認得萬雪齋先生。"牛玉圃道："雪齋也是交滿天下的。"因指着這個銀子道："這就是雪齋家拿來的。因他第七位如夫人有病，醫生說是寒症，藥裏要用一個雪蝦蟆，在揚州出了幾百銀子也沒處買，聽見說蘇州還尋的出來，他拿三百兩銀子託我去買。我沒的功夫，你如今去走一走罷，還可以賺的幾兩銀子。"牛浦不敢違拗。

當夜牛玉圃買了一隻雞和些酒替他餞行，在樓上吃着。牛浦道："方才有一句話正要向叔公說，是敝縣李二公說的。"牛玉圃道："甚麼話？"牛浦道："萬雪齋先生算同叔公是極好的了，但只是筆墨相與，他家銀錢大事還不肯相託。李二公說，他生平有一個心腹的朋友，叔公如今只要說同這個人相好，他就諸事放心，一切都託叔公，不但叔公發財，連我做侄孫的將來都有日子過。"牛玉圃道："他心腹朋友是那一個？"牛浦道："是徽州程明卿先生。"牛玉圃笑道，"這是我二十年拜盟的朋友，我怎麼不認的？我知道了。"吃完了酒，各自睡下。清早牛浦帶着銀子，上船往蘇州去了。

次日，萬家又來請酒，牛玉圃坐轎去到萬家，先有兩位鹽商坐在那裏：一個姓顧，一個姓汪。讓牛玉圃坐在首席。吃過了茶，先講了些窩子長跌的話，擡上席來，兩位一桌。牛玉圃忽然想起，問道："雪翁，徽州有一位程明卿先生是相好的麼？"萬雪齋聽了，臉就緋紅，一句也答不出來，牛玉圃道："這是我拜盟的好弟兄，前日還有書子與我，說不日就要到揚州，少不的要與雪翁敍一敍。"萬雪齋氣的兩手冰冷，總是一句話也說不出來。顧鹽商道："玉翁，自古'相交滿天下，知心能幾人'！我們今日且吃酒，那些舊話不必談他罷了。"當晚勉強終席，各自散去。

牛玉圃回到下處，幾天不見萬家來請。那日長隨拿封書子上來說道："這是河下萬老爺家送來的，不等回書去了。"牛玉圃拆開來看：

● 91

> 刻下儀徵王漢策令堂太親母七十大壽，欲求先
> 生做壽文一篇，並求大筆書寫，望即命駕往伊處。
> 至囑！至囑！

牛玉圃看了這話，便叫一隻草上飛，往儀徵去。次早到走到王家，王漢策道："我這裏就是萬府下店。雪翁昨日有書子來，說尊駕為人不甚端方，又好結交匪類，自今以後，不敢勞尊了。"牛玉圃氣憤憤的走了出去，在丑墻尋一個飯店住下，口口聲聲只念着："萬雪齋這狗頭，如此可惡！"走堂的笑道："萬雪齋老爺是極肯相與人的，除非你說出他程家那話頭來，才不尷尬。"牛玉圃忙叫長隨去問那走堂的。走堂的方如此這般說出："他是程明卿家管家，最怕人揭挑他這個事。你必定

説出來，他才惱的。"長隨把這個話回覆了牛玉圃，才省悟道："罷了！我上了這小畜生的當了！"

當下住了一夜。次日，叫船到蘇州去尋牛浦。上船之後，盤纏不足，長隨又辭去了兩個，只剩兩個粗夯漢子跟着，一直來到蘇州，找在虎丘藥材行內。牛浦正坐在那裏，見牛玉圃到，迎了出來，說道："叔公來了。"牛玉圃道："雪蝦蟆可曾有？"牛浦道："還不曾有。"牛玉圃道："近日鎮江有一個人家有了，快把銀子拿來同着買去。我的船就在閶門外。"當下押着他拿了銀子同上了船，一路不說出。走了幾天，到了龍袍洲地方，是個沒人煙的所在。不由分說，叫兩個夯漢把牛浦衣裳剝盡了，拿繩子捆起來，臭打了一頓，擡着往岸上一摜，他那一隻船就扯起篷來去了。

過了半日，只見江裏又來了一隻船，牛浦喊他救命。那客人道："你是何等樣人，被甚人剝了衣裳捆倒在此？"牛浦道："老爹，我是蕪湖縣的一個秀才。因安東縣董老爺請我去做館，路上遇見強盜，把我的衣裳行李都打劫去了，只饒的一命在此。我是落難的人，求老爹救我一救！"那客人驚道："我就是安東縣人，我如今替你解了繩子。"看見他精赤條條，不像模樣，當下到船上取了一件布衣服，一雙鞋，一頂瓦楞帽，與他穿戴起來。牛浦穿了衣服，下跪謝那客人。扶了起來，同到船裏，滿船客人聽了這話，都吃一驚，問："這位相公尊姓？"牛浦道："我姓牛。"因拜問："這位恩人尊姓？"那客人道："在下姓黃，就是安東縣人，家裏做個小生意，從這裏過，不想無意中救了這一位相公。你既是到董老爺衙門裏去的，且同我到安東，在舍下住着，整理些衣服，再往衙門裏去。"牛浦深謝了，從這日就吃這客人的飯。

到了安東，先住在黃客人家。黃客人替他買了一頂方巾，添了件把衣服，一雙靴，穿着去拜董知縣。董知縣果然歡喜，當下留了酒飯，要留在衙門裏面住。牛浦道：「晚生有個親戚在貴治，還是住在他那裏便意些。」董知縣道：「這也罷了。先生住在令親家，早晚常進來走走，我好請教。」牛浦辭了出來，黃客人見他果然同老爺相與，十分敬重。牛浦三日兩日進衙門去走走，藉着講詩為名，順便撞兩處木鐘，弄起幾個錢。黃家又把第四個女兒招他做個女婿，在安東快活過日子。

不想董知縣就陞任去了，一路到了京師，這時馮琢庵已中了進士，散了部屬，寓處就在吏部門口不遠。董知縣先到他寓處來拜，馮主事迎着坐下，敍了寒溫，董知縣只説得一句「貴友牛布衣在蕪湖甘露庵裏」，只見長班進來跪着稟道：「部裏大人升堂了。」董知縣連忙辭別了去，到部就掣了一個貴州知州的簽，匆匆束裝赴任去了，不曾再會馮主事。

馮主事過了幾時，打發一個家人寄家書回去，又拿出十兩銀子來，道：「這是十兩銀子，你帶回去送與牛相公的夫人牛奶奶，説他的丈夫現在蕪湖甘露庵裏，寄個信與他，不可有誤。這銀子説是我帶與牛奶奶做盤纏的。」牛奶奶接着這個銀子，心裏悽惶起來，説：「他恁大年紀，只管在外頭，又沒個兒女，怎生是好？我不如趁着這幾兩銀子，走到蕪湖去尋他回來，也是一場事。」主意已定，把這兩間破房子鎖了，交與鄰居看守，自己帶了侄子，搭船一路來到蕪湖。找到浮橋口甘露庵，兩扇門掩着，推開進去，韋馱菩薩面前香爐燭臺都沒有了。天井裏一個老道人坐着縫衣裳，問着他，只打手勢，原來又啞又聾。問他這裏面可有一個牛布衣，他拿手指着前頭一間屋裏。牛奶奶帶着侄子復身走出來，見韋馱菩薩旁邊一間屋，沒有門，走了進去，屋裏停着一具大棺材，棺材上頭的魂旛也不見了，只剩了一根棍，棺材貼頭上有字，又被那屋上沒有瓦，雨淋下來，把字跡都剝落了，只有「大明」兩字，第三字只得一橫。牛奶奶走到這裏，不覺心驚肉顫，那寒毛根根都豎起來。又走進去問那道人道：“牛布衣莫不是死了？”道人把手搖兩搖，指着門外。他侄子道：“他說姑爺不曾死，又到別處去了。”牛奶奶又走到庵外，一直問到吉祥寺郭鐵筆店裏，郭鐵筆道：“他麼？而今到安東董老爺任上去了。”牛奶奶此番得着實信，立意往安東去尋。

牛浦招贅在安東黃家，黃家把門面一帶三四間屋都與他住，他就把門口貼了一個帖，上寫道：“牛布衣代做詩文。”那日，正在家裏閒坐，只聽得有人敲門，原來是蕪湖縣的一個舊鄰居石老鼠，是個有名的無賴，而今卻也老了。牛浦見是他來，嚇了一跳，倒了茶遞與石老鼠吃。石老鼠道：“相公，我聽見你恭喜，又招了親在這裏，甚是得意。”牛浦道：“我雖則同老爹是個舊鄰居，卻從來不曾通過財帛；況且我又是客邊，藉這親家住着，那裏來的幾兩銀子與老爹？”石老鼠冷笑道：“你這小孩子就沒良心了，想我當初揮金如土的時節，你用了我不知多少，而今看見你在人家招了親，留你個臉面，不好就說，你倒回出這樣話來！”牛浦發了急道：“這是那裏來的話！我幾時看見你金子！你一個尊年人，不想做些好事，只要‘在光水頭上鑽眼——騙人’！”石老鼠道：“牛浦郎你不要說嘴！想着你小時做的些醜事，瞞的別人，可瞞的過我？況且你停妻娶妻，在那裏騙了卜家女兒，在這裏又騙了黃家女兒，該當何罪？你不乖乖的拿出幾兩銀子來，我就同你到安東縣去講！”當下兩人揪扭出了黃家門，一直來到縣門口，遇着縣裏兩個頭役，認得牛浦，慌忙上前勸住，問是甚麼事。石老鼠就把他小時不成人的事說：騙了卜家女兒，到這裏又騙了黃家女兒，又冒名頂替，多少混賬事。牛浦道：“他是我們那裏有名的光棍，叫做石老鼠。而今越發老而無恥！去年我不在家裏，他冒認是我舅舅，騙飯吃。今年又憑空走來問我要銀子，那有這樣無情無理的事！”幾個頭役道：“也罷，牛相公，他這人

想着你小時做的些醜事，瞞的別人，可瞞的過我？

年紀老了，雖不是親戚，到底是你的一個舊鄰居，想是真正沒有盤費了。自古道：'家貧不是貧，路貧貧殺人。'你此時有錢也不服氣拿出來給他，我們眾人替你墊幾百文，送他去罷。"石老鼠還要爭。眾頭役道："這裏不是你撒野的地方！牛相公就同我老爺相與最好，你一個尊年人，不要討沒臉面，吃了苦去！"石老鼠聽見這話，方才不敢多言了，接着幾百錢，謝了眾人自去。牛浦也謝了眾人回家。才走得幾步，只見家門口一個鄰居迎着來道："牛相公，你家娘子在家同人吵哩！"牛浦道："同誰吵？"鄰居道："你剛才出門，隨即一個堂客來到，你家娘子接了進去。這堂客說他就是你的前妻，要你見面，在那裏同你家黃氏娘子吵的狠。"牛浦聽了這話，就像提在冷水盆裏一般，自己心裏明白，也沒奈何，只得硬着膽走了來家。到家門口，便敲門進去。和那婦人對了面，彼此不認得。黃氏道："這便是我家的了，你看看可是你的丈夫？"牛奶奶問道："你這位怎叫做牛布衣？"牛浦道："我怎不是牛布衣？但是我認不得你這位奶奶。"牛奶奶道："我便是牛布衣的妻子。你這廝冒了我丈夫的名字在此掛招牌，分明是你把我丈夫謀害死了，我怎肯同你開交！"牛浦道："天下同名同姓也最多，怎見得便是我謀害你丈夫？這又出奇了！"牛奶奶道："怎麼不是！我從蕪湖縣問到甘露庵，一路問來，説在安東。你既是冒我丈夫名字，需要還我丈夫！"當下哭喊起來，叫跟來的侄子將牛浦扭着。牛奶奶上了轎，一直喊到縣前去了，正值向知縣出門，就喊了冤。知縣叫補詞來。當下補了詞，出差拘齊了人，掛牌，第三日午堂聽審。這一天，知縣坐堂，審的是三件事。第三件便是牛奶奶告的狀，"為謀殺夫命事"。向知縣叫上牛奶奶去問。牛奶奶悉把如此這般，從浙江尋到蕪湖，從蕪湖尋到安東："他現掛着我丈夫招牌，我丈夫不問他要，問誰要？"向知縣道："這也怎麼見得？"向知縣問牛浦道："牛生員，你一向可認得這個人？"牛浦道："生員豈但認不得這婦人，並認不得他丈夫。他忽然走到生員家要起丈夫來，真是天上飛下來的一件大冤枉事！"向知縣問牛奶奶道："眼見得這牛生員叫做牛布衣，你丈夫也叫做牛布衣，天下同名同姓的多，他自然不知道你丈夫蹤跡。你到別處去尋訪你丈夫去罷。"牛奶奶在堂上哭哭啼啼，定要求向知縣替他伸冤。纏的向知縣急了，説道："也罷，我這裏差兩個衙役把這婦人解回紹興。你到本地告狀去！牛生員，你也請回去罷。"説罷，便退了堂。兩個解役把牛奶奶解往紹興去了。

"安東縣向老爺，因背了個'連人命大事都不問'的罪名而被參處，多虧了戲子鮑文卿大着膽子與他解了圍。"

第八篇　真義士鮑文卿

　　這一件事，傳的上司知道，説向知縣相與做詩文的人，放着人命大事不問，要把向知縣訪聞參處。按察司具揭到院。這按察司姓崔，這日叫幕客敍了揭帖稿，取來燈下自己細看，自己看了又念，念了又看，燈燭影裏，只見一個人雙膝跪下。崔按察舉眼一看，原來是他門下的一個戲子，叫做鮑文卿。按察司道："你有甚麼話，起來説。"鮑文卿道："方才小的看見大老爺要參處的這位是安東縣向老爺，這位老爺小的也不曾認得，但自從七八歲學戲，在師父手裏就念的是他做的曲子。這老爺是個大才子，大名士，如今二十多年了，才做得一個知縣，好可憐！如今又要因這事參處了。況他這件事也還是敬重斯文的意思，不知可以求得大老爺免了他的參處罷？"按察司道："不想你這一個人倒有愛惜才人的念頭。你倒有這個意思，難道我倒不肯？只是如今免了他這一個革職，他卻不知道是你救他。我如今將這些緣故寫一個書子，把你送到他衙門裏去，叫他謝你幾百兩銀子，回家做個本錢。"鮑文卿磕頭謝了。按察司吩咐書房小廝去向幕賓説："這安東縣不要參了。"過了幾日，果然差一個衙役，拿着書子，把鮑文卿送到安東縣，向知縣把書子拆開一看，大驚，忙叫快開宅門，迎了出去。鮑文卿青衣小帽，走進宅門，雙膝跪下，便叩老爺的頭，跪在地下請老爺的安。向知縣雙手來扶，要同他敘禮。他道："小的何等人，敢與老爺施禮！"向知縣道："你是上司衙門裏的人，況且與我有恩，怎麼拘這個禮？快請起來，好讓我拜謝！"他再三不肯。向知縣拉他坐，他斷然不敢坐。向知縣急了，說："崔大老爺送了你來，我若這般待你，崔大老爺知道不便。"鮑文卿道："雖是老爺要格外擡舉小的，但這個關係朝廷體統，小的斷然不敢。"立着垂手回了幾句話，退到廊下去了。向知縣託家裏親戚出來陪，他也斷不敢當。落後叫管家出來陪，他才歡喜了，坐在管家房裏有說有笑。次日，向知縣備了席，擺在書房裏，自己出來陪，斟酒來奉。他跪在地下，斷不敢接酒，叫他坐，也到底不坐。向知縣沒奈何，只得把酒席發了下去，叫管家陪他吃了。他還上來謝賞。向知縣寫了謝按察司的稟帖，封了五百兩銀子謝他。他一釐也不敢受，說道："這是朝廷頒與老爺們的俸銀，小的乃是賤人，怎敢用朝廷的銀子？小的若領了這項銀子去養家口，一定折死小的。"向知縣見他說到這田地，不好強他，因把他這些話又寫了一個稟帖，稟按察司，又留他住了幾天，差人送他回京。

按察司聽見這些話，說他是個呆子，也就罷了。又過了幾時，按察司陞了京堂，把他帶進京去。不想一進京，按察司就病故了。鮑文卿在京沒有靠山，他本是南京人，只得收拾行李，回南京來。這南京乃是太祖皇帝建都的所在，裏城門十三，外城門十八，穿城四十里，沿城一轉足有一百二十多里。城裏幾十條大街，幾百條小巷，都是人煙湊集，金粉樓臺。城裏一道河，東水關到西水關足有十里，便是秦淮河。水滿的時候，畫船簫鼓，晝夜不絕。城裏城外，琳宮梵宇，碧瓦朱甍，在六朝時是四百八十寺，到如今，何止四千八百寺！這鮑文卿住在水西門。鮑文卿進了水西門，他家本是幾代的戲行，如今仍舊做這戲行營業。鮑文卿還要尋幾個孩子起個小班子，因在城裏到處尋人說話。那日走到鼓樓坡上，遇着一個人，頭戴破氈帽，身穿一件破黑綢直裰，腳下一雙爛紅鞋，花白鬍鬚，約有六十多歲光景。手裏拿着一張破琴，琴上貼着一條白紙，紙上寫着四個字道："修補樂器。"鮑文卿趕上幾步，向他拱手道："老爹是會修補樂器的麼？"那人道："正是。"鮑文卿道："如此，屈老爹在茶館坐坐。"當下兩人進了茶館坐下，拿了一壺茶來吃着。鮑文卿道："老爹尊姓？"那人道："賤姓倪。"鮑文卿道，"尊府在那裏？"那人道，"遠哩！舍下在三牌樓。"

　　鮑文卿起身斟倪老爹一杯，道："我看老爹像個斯文人，因甚做這修補樂器的事？"那倪老爹歎一口氣道："長兄，告訴不得你！我從二十歲上進學，到而今做了三十七年的秀才。就壞在讀了這幾句死書，拿不得輕，負不得重，一日窮似一日，兒女又多，只得藉這手藝糊口，原是沒奈何的事！"鮑文卿驚道："原來老爹是學校中人，我大膽的狠了。請問老爹幾位相公？老太太可是齊眉？"倪老爹道："老妻還在。從前倒有六個小兒，而今說不得了。"鮑文卿道："這是甚麼原故？"倪老爹說到此處，不覺淒然垂下淚來。鮑文卿又斟一杯酒，遞與倪老爹，說道："老爹，你有甚心事，不妨和在下說，我或者可以替你分憂。"倪老爹道："不瞞你說，我是六個兒子，死了一個，而今只得第六個小兒子在家裏，那四個……"說着，又忍着不說了。鮑文卿道："那四個怎的？"倪老爹被他問急了，說道："長兄，你不是外人，料想也不笑我。我不瞞你說，那四個兒子，我都因沒有的吃用，把他們賣在他州外府去了！"鮑文卿聽見這句話，忍不住的眼裏流下淚來，說道："這四個可憐了！"倪老爹垂淚道："豈但那四個賣了，這一個小的，將來也留不住，也要賣與人去！"鮑文卿道："老爹，你和你

家老太太怎的捨得？"倪老爹道："只因衣食欠缺，留他在家跟着餓死，不如放他一條生路。"

　　鮑文卿着實傷感了一會，説道："這件事，我倒有個商議，只是不好在老爹跟前説。"倪老爹道："長兄，你有甚麼話，只管説有何妨？"鮑文卿正待要説，又忍住道："不説罷，這話説了，恐怕惹老爹怪。"倪老爹道："豈有此理。任憑你説甚麼，我怎肯怪你？"鮑文卿道："老爹，比如你要把這小相公賣與人，若是賣到他州別府，就和那幾個相公一樣不見面了。如今我在下四十多歲，生平只得一個女兒，並不曾有兒子。你老人家若肯不棄賤行，把這小令郎過繼與我，我照樣送過二十兩銀子與老爹，我撫養他成人。平日逢時遇節，可以到老爹家裏來，後來老爹事體好了，依舊把他送還老爹。這可以使得的麼？"倪老爹道："若得如此，就是我的小兒恩星照命，我有甚麼不肯？但是既過繼與你，累你撫養，我那裏還收得你的銀子？"鮑文卿道："説那裏話，我一定送過二十兩銀子來。"説罷，彼此又吃了一回，會了賬。出得店門，趁天色未黑，倪老爹回家去了。

　　鮑文卿回來，把這話向乃眷説了一遍，乃眷也歡喜。次日，倪老爹清早來補樂器，會着鮑文卿，説："昨日商議的話，我回去和老妻説，老妻也甚是感激。如今一言為定，擇個好日，就帶小兒來過繼便了。"鮑文卿大喜。自此兩人呼為親家。過了幾日，鮑家備一席酒請倪老爹，倪老爹帶了

兒子來寫立過繼文書，鮑文卿拿出二十兩銀子來付與倪老爹去了。

這倪廷璽改名鮑廷璽，甚是聰明伶俐。鮑文卿因他是正經人家兒子，不肯叫他學戲，送他讀了兩年書，幫着當家管班着實得力。到十八歲上，倪老爹去世了，鮑文卿又拿出幾十兩銀子來替他料理後事，自己去一連哭了幾場，依舊叫兒子去披麻戴孝，送倪老爹入土。自此以後，比親生的還疼些。每日吃茶吃酒，都帶着他，在外攬生意，都同着他，讓他賺幾個錢添衣帽鞋襪，又心裏算計，要替他娶個媳婦。

那一日在上河去做夜戲，五更天散了戲，他父子兩個人走到坊口，只見對面來了一把黃傘，兩對紅黑帽，一柄遮陽，一頂大轎。知道是外府官過，父子兩個站在房簷下看，遮陽到了跟前，上寫着“安慶府正堂”。鮑文卿正仰臉看着遮陽，轎子已到。那轎子裏面的官看見鮑文卿，吃了一驚。鮑文卿回過臉來看那官時，原來便是安東縣向老爺，他原來陞了。轎子才過去，那官叫跟轎的青衣人到轎前說了幾句話，那青衣人飛跑到鮑文卿跟前問道：“太老爺問你可是鮑師父麼？”鮑文卿道：“我便是。太老爺可是做過安東縣陞了來的？”那人道：“是。太爺公館在張家河房裏，請鮑師父在那裏去相會。”說罷，飛跑趕着轎子去了。

鮑文卿領着兒子走到貢院前香蠟店裏，買了一個手本，上寫“門下鮑文卿叩”。走到張家河房門口，知道向太爺已經回寓了，把手本遞與管門的。知府紗帽便服，迎了出來，笑着說道：“我的老友到了！”鮑文卿跪下磕頭請安，向知府雙手挾住，說道：“老友，你若只管這樣拘禮，我們就難相與了。”再三再四拉他坐，他又跪下告了坐，方敢在底下一個凳子上坐了。向知府坐下，說道：“文卿，自同你別後，不覺已是十餘年。我如今老了，你的鬍子卻也白了許多。”鮑文卿立起來道：

"大老爺高陞，小的多不知道，不曾叩得大喜。"向知府道："請坐下，我告訴你。我在安東做了兩年，又到四川做了一任知州，轉了個二府，今年才陞到這裏。你自從崔大人死後，回家來做些甚麼事？"鮑文卿道："小的本是戲子出身，回家沒有甚事，依舊教一小班子過日。"向知府道："你方才同走的那少年是誰？"鮑文卿道："那就是小的兒子，帶在公館門口，不敢進來。"向知府道："為甚麼不進來？"叫人："快出去，請鮑相公進來！"當下一個小廝領了鮑廷璽進來。他父親叫他磕太老爺的頭。向知府親手扶起，問："你今年十幾歲了？"鮑廷璽道："小的今年十七歲了。"向知府道："文卿，你這令郎也學戲行的營業麼？"鮑文卿道："小的不曾教他學戲。他念了兩年書，而今跟在班裏記賬。"向知府道："這個也好，我明日就要回衙門去，不得和你細談。"因叫小廝在房裏取出一封銀子來遞與他道："這是二十兩銀子，你且收着。我去之後，你在家收拾收拾，把班子託與人領着，你在半個月內，同令郎到我衙門裏來，我還有話和你說。"鮑文卿接着銀子，謝了太老爺的賞，說道："小的總在半個月內，領了兒子到太老爺衙門裏來請安。"

又過了幾日，在水西門搭船。到了池口，只見又有兩個人搭船，那兩人就是安慶府裏的書辦，一路就奉承鮑家父子兩個，買酒買肉請他吃着。晚上候別的客人睡着了，便悄悄向鮑文卿說："有一件事，只求大爺批一個'准'字，就可以送你二百兩銀子。又有一件事，縣裏詳上來，只求太爺駁下去，這件事竟可以送三百兩。你鮑大爺在我們大老爺眼前懇個情罷！"鮑文卿道："不瞞二位老爹說，我是個老戲子，乃下賤之人，蒙太老爺擡舉，叫到衙門裏來，我是何等之人，敢在太老爺跟前說情？"那兩個書辦道："鮑太爺，你疑惑我這話是說謊麼？只要你肯說這情，上岸先兌五百兩銀子與你。"鮑文卿笑道："我若是歡喜銀子，當年在安東縣曾賞過我五百兩銀子，我不敢受。自己知道是個窮命，須是骨頭裏掙出來的錢才做得肉，我怎肯瞞着太老爺拿這項錢？況且他若有理，斷不肯拿出幾百兩銀子來尋情。若是准了這一邊的情，就要叫那邊受屈，豈不喪了陰德？依我的意思，不但我不敢管，連二位老爹也不必管他。自古道，'公門裏好修行'，你們伏侍太老爺，凡事不可壞了太老爺清名，也要各人保着自己的身家性命。"幾句說的兩個書辦毛骨悚然，一場沒趣，扯了一個淡，罷了。

次日早晨，到了安慶，宅門上投進手本去。向知府叫將他父子兩人行李搬在書房裏面住，每日同自己親戚一桌吃飯，又替他父子兩個裏裏外外做衣裳。一日，向知府走來書房坐着，問道："文卿，你令郎可曾做過親事麼？"鮑文卿道："小的是窮人，這件事還做不起。"向知府道："就是我家總管姓王的，他有一個小女兒，生得甚是乖巧，老妻着實疼愛他，帶在房裏，梳頭、裹腳都是老妻親手打扮。今年十七歲了，和你令郎是同年。這姓王的在我家已經三代，兒子小王，我又替他買了一個部裏書辦名字，五年考滿，便選一個典吏雜職。你若不棄嫌，便把這令郎招給他做個女婿。這個你可肯麼？"鮑文卿道："太老爺莫大之恩，只是小的兒子不知人事，不知王老爹可肯要他做女婿？"向知府道："我替他說了，他極歡喜你令郎的。這事不要你費一個錢，你只明日拿一個帖子同姓王的拜一拜，一切牀帳、被褥、衣服、首飾、酒席之費，都是我備辦齊了，替他兩口子完成好事，你只做個現成公公罷了。"鮑文卿跪下謝太老爺。擇定十月十三大吉之期。自此以後，鮑廷璽在衙門裏，只如在雲端裏過日子。

看看過了新年，開了印，各縣送童生來府考。向知府要下察院考童生，向鮑文卿父子兩個道："我要下察院去考童生。

這些小廝們若帶去巡視，他們就要作弊。你父子兩個是我心腹人，替我去照顧幾天。"鮑文卿領了命，父子兩個在察院裏巡場查號。安慶七學共考三場。見那些童生，也有代筆的，也有傳遞的，大家丟紙團，掠磚頭，擠眉弄眼，無所不為。鮑廷璽看不上眼。有一個童生，推着出恭，走到察院土牆眼前，把土牆挖個洞，伸手要到外頭去接文章，被鮑廷璽看見，要捉他過來見太爺。鮑文卿攔住道："這是我小兒不知世事。相公，你一個正經讀書人，快歸號裏去做文章，倘若太爺看見了，就不便了。"忙拾起些土來，把那洞補好，把那個童生送進號去。

　　考事已畢，發出案來，懷寧縣的案首叫做季萑，他父親是個武兩榜，同向知府是文武同年，在家候選守備，發案過了幾日，季守備進來拜謝，向知府設席相留，席擺在書房裏，叫鮑文卿同着出來坐坐，當下季守備道："老公祖這一番考試，至公至明，臺府無人不服。"向知府道："年先生，這看文字的事，我也荒疏了，倒是前日考場裏，虧我這鮑朋友在彼巡場，還不曾有甚麼弊竇。"此時季守備才曉得這人姓鮑。後來漸漸說到他是一個老梨園腳色，季守備臉上不覺就有些怪物相。向知府道："而今的人，可謂江河日下。這些中進士、做翰林的，和他說到傳道窮經，他便說迂而無當；和他說到通今博古，他便說雜而不精。究竟事君交友的所在，全然看不得！不如我這鮑朋友，他雖生意是賤業，倒頗多君子之行。"因將他生平的好處說了一番，季守備也就肅然起敬。酒罷，辭了出來。過三四日，倒把鮑文卿請到他家裏吃了一餐酒，考案首的兒子季萑也出來陪坐。鮑文卿見他是一個美貌少年，便問："少爺尊號？"季守備道："他號叫做葦蕭。"當下吃完了酒，鮑文卿辭了回來，向知府着實稱讚這季少爺好個相貌，將來不可限量。

又過了幾個月，那王家女兒懷着身子，要分娩，不想養不下來，死了。鮑文卿父子兩個慟哭。向太守倒反勸道："也罷，這是他各人的壽數，你們不必悲傷了。你小小年紀，我將來少不的再替你娶個媳婦。你們若只管哭時，惹得夫人心裏越發不好過了。"鮑文卿也吩咐兒子，叫不要只管哭。但他自己也添了個痰火疾，動不動就要咳嗽半夜，意思要辭了向太爺回家去，又不敢説出來。恰好向大爺陞了福建汀漳道，封出一千兩銀子，叫小廝捧着，拿到書房裏來，説道："文卿，你在我這裏一年多，並不曾見你説過半個字的人情。我替你娶個媳婦，又沒命死了。我心裏着實過意不去。而今這一千兩銀子送與你，你拿回家去置些產業，娶一房媳婦，養老送終。我若做官再到南京來，再接你相會。"鮑文卿又不肯受。向道臺道："而今不比當初了。我做府道的人，不窮在這一千兩銀子，你若不受，把我當做甚麼人！"鮑文卿不敢違拗，方才磕頭謝了。向道臺吩咐叫了一隻大船，備酒替他餞行，自己送出宅門。鮑文卿同兒子跪在地下，灑淚告辭，向道臺也揮淚和他分手。

鮑文卿父子兩個，帶着銀子，一路來到南京，到家告訴渾家向大老爺這些恩德，舉家感激。鮑文卿扶着病出去尋人，把這銀子買了一所房子，兩副行頭，租與兩個戲班子穿着，剩下的家裏盤纏。又過了幾個月，鮑文卿的病漸漸重了，臥牀不起。自己知道不好了，那日把渾家、兒子、女兒、女婿都叫在跟前，吩咐他們："同心同意，好好過日子，不必等我滿服，就娶一房媳婦進來要緊。"説罷，瞑目而逝。闔家慟哭，料理後事，開了幾日喪。四個總寓的戲子都來弔孝。鮑廷璽又尋陰陽先生尋了一塊地，擇個日子出殯，只是沒人題銘旌。正在躊躕，只見一個青衣人飛跑來了，問道："這裏可是鮑老爹家？"鮑廷璽道："便是。你是那裏來的？"那人道："福建汀漳道向大老爺來了，轎子已到了門前。"鮑廷璽慌忙換了孝服，穿上青衣，到大門外去跪接。向道臺下了轎，看見門上貼着白，問道："你父親已是死了？"鮑廷璽哭着應道："小的父親死了。"向道臺道："沒了幾時了？"鮑廷璽道："明日就是四七。"向道臺道："我陞見回來，從這裏過，正要會會你父親，不想已做故人。你引我到柩前去。"鮑廷璽哭着跪辭，向道臺不肯，一直走到柩前，叫着："老友文卿！"慟哭了一場，上了一炷香，作了四個揖。鮑廷璽的母親也出來拜謝了。向道臺出到廳上，問道："你父親幾時出殯？"鮑廷璽道："擇在出月初八日。"向道臺道："誰人題的銘旌？"鮑廷璽道："小的和人商議，説銘旌上不好寫。"向道臺道："有甚麼不好寫！取紙筆過來。"當下鮑廷璽送上紙筆。向道臺取筆在手，寫道：

皇明義民範文卿（享年五十有九）之柩。賜進士出身中憲大夫，福建汀漳道老友向鼎頓首拜題。

寫完遞與他道："你就照着這個送到亭彩店內去做。"又説道："我明早就要開船了，還有些少助喪之費，今晚送來與你。"説罷，吃了一杯茶，上轎去了。鮑廷璽隨即跟到船上，叩謝過了太老爺回來。晚上，向道臺又打發一個管家，拿着一百兩銀子，送到鮑家。那管家茶也不曾吃，匆匆回船去了。

"先有義民鮑文卿，再有俠客鳳四老爹，在儒林外史中，作者為正面人物作傳的第一個人物就是戲子鮑文卿，第二個就是鳳四老爹。"

"此篇描述了鳳四老爹為素不相識的萬中書打點官司的俠義豪情。"

第九篇　大俠客鳳四老爹

　　管家叫點上一巡茶來。遲衡山問萬中書道："老先生貴省有個敝友，是處州人，不知老先生可曾會過？"萬中書道："處州最有名的不過是馬純上先生，其餘在學的朋友也還認得幾個，但不知令友是誰？"遲衡山道："正是這馬純上先生。"萬中書道："馬二哥是我同盟的弟兄，怎麼不認得！他如今進京去了，他進了京，一定是就得手的。"武書忙問道："他至今不曾中舉，他為甚麼進京？"萬中書道："學道三年任滿，保提了他的優行。這一進京，倒是個功名的捷徑，所以曉得他就得手的。"遲衡山道："上年他來敝地，小弟看他著實在舉業上講究的，不想這些年還是個秀才出身，可見這舉業二字是個無憑的。"萬中書道："老先生的元作，敝省的人個個都揣摩爛了。前日有個朋友和他會席，聽見他說：'馬純上知進而不知退，直是一條小小的亢龍。'"武正道："近來這些做舉業的，泥定了朱注，越講越不明白。"遲衡山道："這都是一偏的話。依小弟看來，講學問的只講學問，不必問功名；講功名的只講功名，不必問學問。若是兩樣都要講，弄到後來，一樣也做不成。"

正説着，忽聽見左邊房子裏面高聲説道："妙！妙！"眾人都覺詫異。秦中書房後面去看是甚麼人喧嚷。管家來稟道："是二老爺的相與鳳四老爹。"秦中書道："原來鳳四老爹在後面，何不請他來談談？"管家從書房裏去請了出來。

只見一個四十多歲的大漢，兩眼圓睜，雙眉直豎，一部極長的烏鬚垂過了胸膛；頭戴一頂力士巾，身穿一領元色緞緊袖袍，腳踹一雙尖頭靴，腰束一條絲鸞絛，肘下掛着小刀子，走到廳中間，作了一個總揖，便説道："諸位老先生在此，小子在後面卻不知道，失陪的緊。"秦中書拉着坐了，便指着鳳四老爹對萬中書道："這位鳳長兄是敝處這邊一個極有義氣的人。他的手底下實在有些講究，而且一部《易筋經》記的爛熟的。他若是趲一個勁，那怕幾千斤的石塊，打落在他頭上身上，他會絲毫不覺得。這些時，舍弟留他在舍間早晚請教，學他的技藝。"萬中書道："這個品貌，原是個奇人，不是那手無縛雞之力的。"秦中書又向鳳四老爹問道："你方才在裏邊，連叫'妙，妙'卻是為何？"鳳四老爹道："這不是我，是你令弟。令弟才説人的力氣到底是生來的，我就教他提了一段氣，着人拿椎棒打，越打越不疼，他一時喜歡起來，在那裏説妙。"萬中書向秦中書道："令弟老先生在府，何不也請出來會會？"秦中書叫管家進去請，那秦二侉子已從後門裏騎了馬進小營看試箭法去了。

小廝們來請到內廳用飯。飯畢，請諸位老爺進內廳去閒坐。萬中書同着眾客進來。原來是兩個對廳，比正廳略小些，卻收拾得也還精緻。眾人隨便坐了，茶上捧進十二樣的攢茶來，一個十一二歲的小廝又向爐內添上些香。萬中書暗想："他們家的排場畢竟不同，我到家何不竟做起來？只是門面不得這樣大，現任的官府不能叫他來上門，也沒有他這些手下人伺候。"

正想着，一個穿花衣的末腳，拿着一本戲目走上來，打了搶跪，説道：“請老爺先賞兩齣。”萬中書讓過了高翰林、施御史，就點了一齣《請宴》，一齣《餞別》。施御史又點了一齣《五臺》。高翰林又點了一齣《追信》。末腳拿笏板在旁邊寫了，拿到戲房裏去扮。當下秦中書又叫點了一巡清茶。管家來稟道：“請諸位老爺外邊坐。”眾人陪着萬中書從對廳上過來。到了二廳，看見做戲的場口已經鋪設的齊楚，兩邊放了五把圈椅，上面都是大紅盤金椅搭，依次坐下。長班帶着全班的戲子，都穿了腳色的衣裳，上來稟參了全場。打鼓板才立到沿口，輕輕的打了一下鼓板。長班又上來打了一個搶跪，稟了一聲“賞坐”，那吹手們才坐下去。

這紅娘才唱了一聲，只聽得大門口忽然一棒鑼聲，又有紅黑帽子吆喝了進來。眾人都疑惑，“請宴”裏面從沒有這個做法的。只見管家跑進來，説不出話來。早有一個官員，頭戴紗帽，身穿玉色緞袍，腳下粉底皂靴，走上廳來，後面跟着二十多個快手，當先兩個，走到上面，把萬中書一手揪住，用一條鐵鏈套在頸子裏，就採了出去。

萬中書在秦中書家廳上看戲，突被一個官員，帶領捕役進來，將他鎖了出去。嚇得施御史、高翰林、秦中書面面相覷，摸頭不着。那戲也就剪住了。眾人定了一會，施御史向高翰林道：“貴相知此事，老先生自然曉得個影子？”高翰林道：“這件事情，小弟絲毫不知。”秦中書又埋怨道：“姻弟席上被官府鎖了客去，這個臉面卻也不甚好看！”高翰林道：“老親家，你這話差了，我坐在家裏，怎曉得他有甚事？”説着，管家又上來稟道：“戲子們請老爺的示：還是伺候，還是回去？”秦中書道：“客犯了事，我家人沒有犯事，為甚的不唱！”大家又坐着看戲。

只見鳳四老爹一個人坐在遠遠的，望着他們冷笑。秦中書瞥見，問道："鳳四哥，為甚麼笑？"鳳四老爹道："我笑諸位老先生好笑。人已拿去，急他則甚！倒該差一個能幹人到縣裏去打探打探，到底為的甚事，一來也曉得下落，二來也曉得可與諸位老爺有礙。"施史忙應道："這話是的很！"秦中書當下差了一個人，叫他到縣裏打探。

秦中書望着鳳四老爹道："你方才笑我們的，你如今可能知道麼？"鳳四老爹道："他們這種人會打聽甚麼，等我替你去。"立起身來就走。

鳳四老爹一直到縣門口，尋着兩個馬快頭。那馬快頭見了鳳四老爹，跟着他，鳳四老爹叫兩個馬快頭引帶他去會浙江的差人，鳳四老爹問差人道："你們是台州府的差？"差人答道："我是府差。"鳳四老爹道："這萬相公到底為的甚事？"差人道："我們也不知。"鳳四老爹同馬快頭走到監裏，會着萬中書。萬中書向鳳四老爹道："小弟此番大概是奇冤極枉了。你回去替我致意高老先生同秦老先生，不知此後可能再會了。"鳳四老爹又細細問了他一番，只不得明白。因忖道："這場官司，須是我同到浙江去才得明白。"也不對萬中書說，竟別了出監，一氣回到秦中書家。只見那戲子都已散了，只有高翰林還在這裏等信，看見鳳四老爹回來，忙問道："到底為甚事？"鳳四老爹道："真正奇得緊！不但官府不曉得，連浙江的差人也不曉得。不但差人不曉得，連他自己也不曉得。這樣糊塗事，須我同他到浙江去，才得明白。"秦中書道："這也就罷了，那個還管他這些閒事！"鳳四老爹道："我的意思，明日就要同他走走去。如果他這官司利害，我就幫他去審審，也是會過這一場。"高翰林也怕日後拖累，便攛掇鳳四老爹同去。晚上送了十兩銀子到鳳家來，說："送鳳四老爹路上做盤纏。"次日起來，直到三官堂會着差人。差人道："老爹好早。"鳳四老爹同差人轉出彎，到縣門口，來到刑房裏，會着蕭二老爹，催着他清稿，並送簽了一張解批，又撥了四名長解皂差，聽本官簽點，批文用了印。官府坐在三堂上，叫值日的皂頭把萬中書提了進來。台州府差也跟到宅門口伺候。只見萬中書頭上還戴着紗帽，身上還穿着七品補服，方縣尊猛想到：他拿的是個已革的生員，怎麼卻是這樣服色？又對明了人名、年貌，絲毫不誣。因問道："你到底是生員是官？"萬中書道："我本是台州府學的生員，今歲在京，因書法端楷，保舉中書職銜的。生員不曾革過。"方知縣道："授職的知照想未下來，因有了官司，撫臺將你生員咨革了，也未可知。但你是個浙江人，本縣也是浙江人，本縣也不難為你。你的事，你自己好好去審就是了。"因又想道："他回去了，地方官說他是個已革生員，就可以動刑了，我是個同省的人，難道這點照應沒有？"隨在簽批上硃筆添了一行：

本犯萬里，年貌與來文相符，現今頭戴紗帽，身穿七品補服，供稱本年在京保舉中書職銜，相應原身鎖解。該差毋許須索，亦毋得疏縱。

寫完了，隨簽了一個長差趙昇，又叫台州府差進去，吩咐道："這人比不得盜賊，有你們兩個，本縣這裏添一個也夠了。你們路上須要小心些。"三個差人接了批文，押着萬中書出來。

鳳四老爹叫趙昇把萬中書的鎖開了，鳳四老爹脫下外面一件長衣來，叫萬中書脫下公服換了。又叫府差到萬老爺寓處叫了管家來。府差去了回來説："管家都未回寓處，想是逃走了；只有行李還在寓處，和尚卻不肯發。"鳳四老爹聽了，又除了頭上的帽子，叫萬中書戴了，自己只包着網巾，穿着短衣，説道："這裏地方小，都到我家去！"

萬中書同三個差人跟着鳳四老爹一直走到洪武街。進了大門，二層廳上立定，萬中書納頭便拜。鳳四老爹拉住道："此時不必行禮，先生且坐着。"便對差人道："你們三位都是眼亮的，不必多話了。你們都在我這裏住着。萬老爹是我的相與，這場官司我是要同了去的。我卻也不難為你。"趙昇對來差道："二位可有的説？"來差道："鳳四老爹吩咐，這有甚麼説，只求老爹作速些。"鳳四老爹道："這個自然。"當下把三個差人送在廳對面一間空房裏，説道："此地權住兩日。三位不妨就搬行李來。"三個差人把萬中書交與鳳四老爹，竟都放心，各自搬行李去了。

鳳四老爹把萬中書拉到左邊一個書房裏坐着，問道："萬先生，你的這件事不妨實實的對我説，就有天大的事，我也可以幫襯你。説含糊話，那就罷了。"萬中書道："我看老爹這個舉動，自是個豪傑，真人面前我也不説假話了，不瞞老爹説，我實在是個秀才，不是個中書。只因家下日計艱難，沒奈何出來走走。要説是個秀才，只好喝風屙煙。説是個中書，那些商家同鄉紳財主們才肯有些照應。不想今日被縣尊把我這服色同官職寫在批上，將來解回去，欽案都也不妨，倒是這假官的官司吃不起了。"鳳四老爹沉吟了一刻，道："萬先生，你假如是個真官回去，這官司不知可得贏？"萬中書道："我同苗總兵繫一面之交，又不曾有甚過贓犯法的事，量情不得大輸。只要那裏不曉得假官一節，也就罷了。"鳳四老爹道："你且住着，我自有道理。"鳳四老爹一面叫家裏人料理酒飯，一面自己走到秦中書家去。秦中書聽見鳳四老爹來了，就走了出來，問道："鳳四哥，事體怎麼樣了？"鳳四老爹道："你還問哩！閉門家裏坐，禍從天上來。你還不曉得哩！"秦中書嚇的慌慌張張的，忙問道："怎的？怎的？"鳳四老爹道，"怎的不怎的，官司夠你打半生！"秦中書越發嚇得面如土色，要問都問不出來了。鳳四老爹道："你説他到底是個甚官？"秦中書道："他説是個中書。"鳳四老爹道："他的中書還在判官那裏造冊哩！"秦中書道："難道他是個假的？"鳳四老爹道："假的何消説！只是一場欽案官司，把一個假官從尊府拿去，那浙江巡撫本上也不要特參，只消帶上一筆，莫怪我説，老先生的事只怕也就是'滾水潑老鼠'了。"

秦中書聽了，瞪着兩隻白眼，望着鳳四老爹道："鳳四哥，你是極會辦事的人。如今這件事，到底怎樣好？"鳳四老爹道："沒有怎樣好的法。他的官司不輸，你的身家不破。"秦中書道："就是保舉，也來不及。"鳳四老爹道："怎的不得及？有了錢，就是官！現放着一位施老爺，還怕商量不來？"秦中書道："這就快些叫他辦。"鳳四老爹道："他到如今辦，他又不做假的了！"秦中書道："依你怎麼樣？"鳳四老爹道："若要圖乾淨，替他辦一個，等他官司贏了來，得了缺，叫他一五一十算了來還你。"秦中書聽了這個話，歎了一口氣道："這都是好親家拖累這一場，如今卻也沒法了！鳳四哥，銀子我竟出，只是事要你辦去。"鳳四老爹道："如今施御史老爺是高老爺的相好，要懇着他作速照例寫揭帖揭到內閣，存了案，才有用哩。"秦中書道："鳳四哥，果真你是有見識的人。"

隨即寫了一個帖子，請高親家老爺來商議。少刻，高翰林到了，秦中書就把鳳四老爹的話説了一遍。高翰林連忙道："這個我就去。"鳳四老爹在旁道："這是緊急事，秦老爺快把'所以然'交與高老爺去罷。"秦中書忙進去一刻，叫管家捧出十二封銀子，每封足紋一百兩，交與高翰林道："而今一半人情，一半禮物。這原是我墊出來的。一總費親索的心，奉託施老先生包辦了罷。"高翰林不好意思，只得應允。拿了銀子到施御史家，託施御史連夜打發人進京辦去了。

鳳四老爹回到家裏，走進書房，只見萬中書在椅子上坐着望哩。鳳四老爹道，"恭喜，如今是真的了。"隨將此事説了備細。萬中書不覺倒身下去，就磕了鳳四老爹二三十個頭。鳳四老爹拉了又拉，方才起來。鳳四老爹道：“明日仍舊穿了公服到這兩家謝謝去。”萬中書道：“這是極該的，但只不好意思。”說着，差人走進來請問鳳四老爹幾時起身。鳳四老爹道：“明日走不成，竟是後日罷。”次日起來，鳳四老爹催着萬中書去謝高、秦兩家。兩家收了帖，都回不在家。鳳四老爹又叫萬中書親自到承恩寺起了行李來，同着三個差人，竟送萬中書回浙江台州去審官司去了。出了漢西門來叫船，打點一直到浙江去。叫遍了，總沒有一隻杭州船，只得叫船先到蘇州。到了蘇州，才換了杭州船，這隻船比南京叫的卻大着一半。鳳四老爹道：“我們也用不着這大船，只包他兩個艙罷。”隨即付埠頭一兩八錢銀子，包了他一個中艙，一個前艙。五個人上了蘇州船，守候了一日，船家才攬了一個收絲的客人搭在前艙。這客人約有二十多歲，生的也還清秀，卻只得一擔行李，倒着實沉重。到晚，船家解了纜，放離了碼頭，用篙子撐了五里多路，一個小小的村落旁住了。那梢公對夥計說：“你帶好纜，放下二錨，照顧好了客人，我家去一頭。”那台州差人笑着說道：“你是討順風去了。”那梢公也就嘻嘻的笑着去了。

　　次日，日頭未出的時候，梢公背了一個筲袋上了船，急急的開了，走了三十里，方才吃早飯。早飯吃過了，將下午，鳳四老爹對萬中書說道：“我看先生此番雖然未必大傷筋骨，但是都院的官司，也夠拖纏哩。依我的意思，審你的時節，不管問你甚情節，你只說家中住的一個遊客鳳鳴歧做的。等他來拿了我去，就有道理了。”正說着，只見那絲客人眼兒紅紅的，在前艙裏哭。鳳四老爹同眾人忙問道：“客人，怎的了？”那客人只不則聲。鳳四老爹猛然大悟，指着絲客人道：“是了！你這客人想是少年不老成，如今上了當了！”那客人不覺又羞的哭了起來，鳳四老爹細細問了一遍，才曉得：昨晚都睡靜了，這客人還倚着船窗，顧盼那船上婦人，這婦人見那兩個客人去了，才立出艙來，望着絲客人笑。

絲客人輕輕捏了他一下，那婦人便笑嘻嘻從窗子裏爬了過來，就做了巫山一夕。這絲客人睡着了，他就把行李內四封銀子二百兩，盡行攜了去了。

早上開船，這客人情思還昏昏的，到了此刻，看見被囊開了，才曉得被人偷了去。真是啞子夢見媽——説不出來的苦！

鳳四老爹沉吟了一刻，叫過船家來問道："昨日那隻小船你們可還認得？"水手道，"認卻認得，"鳳四老爹道："認得就好了。他昨日得了錢，我們走這頭，他必定去那頭。你們替我把桅眠了，架上櫓，趕着搖回去，望見他的船，遠遠的就泊了。弄得回來再酬你們的勞。"船家依言搖了回去。搖到黃昏時候，才到了昨日泊的地方，卻不見那隻小船。鳳四老爹道："還搖了回去。"約略又搖了二里多路，只見一株老柳樹下繫着那隻小船，遠望着卻不見人。鳳四老爹叫還泊近些，也泊在一株枯柳樹下。

鳳四老爹叫船家都睡了，不許則聲，自己上岸閒步。步到這隻小船面前，果然是昨日那船，那婦人同着瘦漢子在中艙裏説話哩。鳳四老爹徘徊了一會，慢慢回船，只見這小船不多時也移到這邊來泊。泊了一會，那瘦漢不見了。這夜月色比昨日更明，照見那婦人在船裏邊掠了鬢髮，穿了一件白布長衫在外面，下身換了一條黑綢裙子，獨自一個，在船窗裏坐着賞月。鳳四老爹低低問道："夜靜了，你這小妮子船上沒有人，你也不怕麼？"那婦人答應道："你管我怎的！我們一個人在船上是過慣了的，怕甚的！"説着就把眼睛斜覰了兩覰。

鳳四老爹一腳跨過船來，便抱那婦人。那婦人假意推來推去，卻不則聲。鳳四老爹把他一把抱起來，放在右腿膝上，那婦人也就不動，倒在鳳四老爹懷裏了。鳳四老爹道："你船上沒有人，今夜陪我宿一宵，也是前世有緣。"那婦人道："我們在船上住家，是從來不混賬的。今晚沒有人，遇着你這個冤家，叫我也沒有法了。只在這邊，我不到你船上去。"鳳四老爹道："我行李內有東西，我不放心在你這邊，"説着，便將那婦人輕輕一提，提了過來。這時船上人都睡了，只是中艙裏點着一盞燈，鋪着一副行李。鳳四老爹把婦人放在被上，那婦人就連忙脱了衣裳，鑽在被裏。那婦人不見鳳四老爹解衣，耳朵裏卻聽得軋軋的櫓聲。那婦人要攘起頭來看，卻被鳳四老爹一腿壓住，死也不得動，只得細細的聽，是船在水裏走哩，那婦人急了，忙問道："這船怎麼走動了？"鳳四老爹道："他行他的船，你睡你的覺，倒不快活？"那婦人越發急了道："你放我回去罷！"鳳四老爹道："獸妮子！你是騙錢，我是騙人，一樣的騙，怎的就慌？"那婦人才曉得是上了當了。只得哀告道："你放了我，任憑甚東西，我都還你就是了。"鳳四老爹道："放你去卻不能！拿了東西來才能放你去，我卻不難為你。"説着，那婦人起來，連褲子也沒有了。萬中書同絲客人從艙裏鑽出來看了，忍不住的好笑。鳳四老爹問明他家住址，同他漢子的姓名，叫船家在沒人煙的地方住了。

　　到了次日天明，叫絲客人拿了一個包袱，包了那婦人通身上下的衣裳，走回十多里路找着他的漢子。原來他漢子見船也不見，老婆也不見，正在樹底下着急哩。那絲客人有些認得，上前説了幾句，拍着他肩頭道："你如今'賠了夫人又折兵'，還是造化哩。"他漢子不敢答應，客人把包袱打開，拿出他老婆的衣裳、褲子、褶褲、鞋來。他漢子才慌了，跪下去，只是磕頭。客人道："我不拿你。快把昨日四封銀子拿了來，還你老婆。"那漢子慌忙上了船，在梢上一個夾剪艙底下拿出一個大口袋來説道："銀子一釐也沒有動，只求開恩還我女人罷！"

客人背着銀子，那漢子拿着他老婆的衣裳，一直跟了走來。又不敢上船，聽見他老婆在船上叫，才硬着膽子走上去。只見他老婆在中艙裏圍在被裏哩。他漢子走上前，把衣裳遞與他，眾人看着那婦人穿了衣服，起來又磕了兩個頭，同烏龜滿面羞愧，下船去了。

　　絲客人拿了一封銀子五十兩來謝鳳四老爹。鳳四老爹沉吟了一刻竟收了，隨分做三份，拿着對三個差人道：“你們這件事原是個苦差，如今與你們算差錢罷。”差人謝了。不日，到了杭州，一齊到了萬家來，進大門是兩號門面房子，二進是兩改三造的小廳。萬中書才入內去，就聽見裏面有哭聲，一刻，又不哭了。頃刻，內裏備了飯出來。吃了飯，鳳四老爹道：“你們此刻不要去，點燈後，把承行的叫了來，我就有道理。”差人依着，點燈的時候，悄悄的去會台州府承行的趙勤。趙勤聽見南京鳳四老爹同了來，吃了一驚，說道：“那是個仗義的豪傑，萬相公怎的相與他的？這個就造化了！”當下即同差人到萬家來。會着，彼此竟像老相與一般。鳳四老爹道：“趙師父只一椿託你，先着大爺錄過供，供出來的人你便拖了解。”趙書辦應允了。

　　次日，萬中書乘小轎子到了府前城隍廟裏面，照舊穿了七品公服，戴了紗帽，着了靴，只是頸子裏卻繫了鏈子。府差繳了牌票，祁太爺即時坐堂。解差趙昇執着批，將萬中書解上堂去。祁太爺看見紗帽圓領，先吃一驚，又看了批文，有“遵例保舉中書”字樣，又吃了一驚。擡頭看那萬里，卻直立着未曾跪下，因問道：“你的中書是甚時得的？”萬中書道：“是本年正月內。”祁太爺道：“何以不見知照？”萬中書道：“由閣咨部，由部咨本省巡撫，也須時日。想目下也該到了。”祁太爺道：“你這中書早晚也是要革的了。”萬中書道：“中書自去年進京，今年回到南京，並無犯法的事。請問太公祖，隔省差拿，其中端的是何緣故？"祁太爺道："那苗鎮臺疏失了海防，被撫臺參拿了，衙門內搜出你的詩箋，上面一派阿諛的話頭，是你被他買囑了做的。現有贓款，你還不知麼？"萬中書道："這就是冤枉之極了。中書在家的時節，並未會過苗鎮臺一面，如何有詩送他？"祁太爺道："本府親自看過，長篇累牘，後面還有你的名姓圖書。現今撫院大人巡海，整駐本府等着要題結這一案，你還能賴麼？"萬中書道："中書雖然忝列官牆，詩卻是不會做的，至於名號的圖書，中書從來也沒有。只有家中住的一個客，上年刻了大大小小幾方送中書，中書就放在書房裏，未曾收進去。就是做詩，也是他會做，恐其是他假名的也未可知。還求太公祖詳察。"祁太爺道："這人叫甚麼？如今在那裏？"萬中書道："他姓鳳，叫做鳳鳴歧，現住在中書家裏哩。"

祁太爺立即拈了一枝火籤，差原差立拿鳳鳴歧，當堂回話。差人去了一會，把鳳四老爹拿來。祁太爺叫他上堂，問道："你便是鳳鳴歧麼？一向與苗總兵有相與麼？"四老爹道："我並認不得他。"祁太爺道："那萬里做了送他的詩，今萬里到案，招出是你做的，連姓名圖書也是你刻的，你為甚麼做這些犯法的事？"鳳四老爹道："不但我生平不會做詩，就是做詩送人，也算不得一件犯法的事。"祁太爺道："這廝強辯！"叫取過大刑來。那堂上堂下的皂隸。大家吆喝一聲，把夾棍向堂口一摜，兩個人扳翻了鳳四老爹，把他兩隻腿套在夾棍裏。祁太爺道："替我用力的夾！"那扯繩的皂隸用力把繩一收，只聽格喳的一聲，那夾棍斷為六段。祁太爺道："這廝莫不是有邪術？"隨叫換了新夾棍，硃標一條封條，用了印，貼在夾棍上，從新再夾。那知道繩子尚未及扯，又是一聲響，那夾棍又斷了。一連換了三副夾棍，足足的迸做十八截，散了一地。鳳四老爹只是笑，並無一句口供。祁大爺毛了，只得退了堂，將犯人寄監，親自坐轎上公館轅門面稟了撫軍。那撫軍聽了備細，知道鳳鳴歧是有名的壯士，其中必有緣故。況且苗總兵已死於獄中，抑且萬里保舉中書的知照已到院，此事也不關緊要。因而吩咐祁知府從寬辦結。竟將萬里、鳳鳴歧都釋放。撫院也就回杭州去了。這一場焰騰騰的官事，卻被鳳四老爹一瓢冷水潑息。

萬中書開發了原差人等，官司完了，同鳳四老爹回到家中，念不絕口的說道："老爹真是我的重生父母再長爹娘，我將何以報你！"鳳四老爹大笑道："我與先生既非舊交，向日又不曾受過你的恩惠，這不過是我一時偶然高興，你若認真感激起我來，那倒是個鄙夫之見了。我今要往杭州去尋一個朋友，就在明日便行。"萬中書再三挽留不住，只得憑着鳳四老爹要走就走。次日，鳳四老爹果然別了萬中書，不曾受他杯水之謝，竟自取路到杭州。他有一個朋友叫做陳正公，向日曾欠他幾十兩銀子，心裏想道："我何不找着他，向他要了做盤纏回去。"陳正公住在錢塘門外。他到錢塘門外來尋他，走了不多路，看見蘇堤上柳陰樹下，一叢人圍着兩個人在那裏盤馬。那馬上的人遠遠望見鳳四老爹，高聲叫道："鳳四哥，你從那裏來的？"鳳四老爹近前一看，那人跳下馬來，拉着手。鳳四老爹道："原來是秦二老爺。你是幾時來的？在這裏做甚麼？"秦二侉子道："你就去了這些時。那老萬的事與你甚相干，吃了自己的清水白米飯，管別人的閒事，這不是發了獃？你而今來的好的很，回到下處去吃一杯罷。"不由分說，把鳳四老爹拉着，叫家人勻出一匹馬，請鳳四老爹騎着，到伍相國祠門口，下了馬，一同進來。

秦二侉子就寓在後面樓下，就留鳳四老爹在寓同住。鳳四老爹在秦二侉子的下處，逐日打拳、跑馬，倒也不寂寞。一日正在那裏試拳法，外邊走進一個二十多歲的人，瘦小身材，來問南京鳳四老爹可在這裏。鳳四老爹出來會着，認得是陳正公的侄兒陳蝦子。問其來意，陳蝦子道：“前日胡府上有人送信，說四老爹你來了，家叔卻在南京賣絲去了。我今要往南京去接他，你老人家有甚話，我替你帶信去。”鳳四老爹道：“我要會令叔，也無甚話説。他向日挪我的五十兩銀子，得便叫他算還給我。我在此還有些時耽擱，竟等他回來罷了。費心拜上令叔，我也不寫信了。”

陳蝦子應諾，回到家取了行李，搭船便到南京。找到江寧縣前傅家絲行裏，尋着了陳正公。那陳正公正同毛二鬍子在一桌子上吃飯，見了侄子，叫他一同吃飯，問了些家務。陳蝦子把鳳四老爹要銀子的話都説了，安頓行李在樓上住。

且説這毛二鬍子先年在杭城開了個絨線鋪，原有兩千銀子的本錢，後來鑽到胡三公子家做蔑片，又賺了他兩千銀子，搬到嘉興府開了個小當鋪。此人有個毛病，吝嗇非常，一文如命。近來又同陳正公合夥販絲。陳正公也是一文如命的人，因此志同道合。

那一日，毛二鬍子接到家信，看完了，咂嘴弄唇，只管獨自坐着躊躇，除正公問道：“府上有何事？為甚出神？毛二鬍子道：“不相干，這事不好向你説的。”陳正公再三要問，毛二鬍子道：“小兒寄信來説，我東頭街上談家當鋪折了本，要倒與人，現在有半樓貨，值得一千六百兩，他而今事急了，只要一千兩就出脱了。我想：我的小典裏若把他這貨倒過來，倒是宗好生意。可惜而今運不動，掣不出本錢來。”陳正公道：“你何不同人合夥倒了過來？”毛二鬍子道：“我也想來。若是同人合夥，領了人的本錢。他只要一分八釐行息，我還有幾釐的利錢。他若是要二分開外，我就是‘羊肉不曾吃，空惹一身膻’，倒不如不幹這把刀兒了。”陳正公道：“獃子，你為甚不和我商量？我家裏還有幾兩銀子，借給你跳起來就是了。還怕你騙了我的？"毛二鬍子道："罷！罷！老哥，生意事拿不穩，設或將來虧折了，不夠還你，那時叫我拿甚麼臉來見你？"陳正公見他如此至誠，一心一意要把銀子借與他。毛二鬍子道："既承老哥美意，只是這裏邊也要有一個人做個中見，寫一張切切實實的借券交與你執着，才有個憑據，你才放心。那有我兩個人私相授受的呢？"陳正公道："我知道老哥不是那樣人，並無甚不放心處，不但中人不必，連紙筆也不要，總以信行為主罷了。"當下陳正公瞞着陳蝦子，把行笥中餘剩下以及討回來的銀子湊了一千兩，封的好好的，交與毛二胡子，道："我已經帶來的絲，等行主人代賣。這銀子本打算回湖州再買一回絲，而今且交與老哥先回去做那件事，我在此再等數日，也就回去了。"毛二鬍子謝了，收起銀子，次日上船，回嘉興去了。

又過了幾天，陳正公把賣絲的銀收齊全了，辭了行主人，帶着陳蝦子搭船回家，順便到嘉興上岸，看看毛鬍子。那毛鬍子的小當鋪開在西街上。一路問了去，只見小小門面三間，一層看牆，進了看牆門，院子上面三間廳房，安着櫃檯，幾個朝奉在裏面做生意，陳正公問道："這可是毛二爺的當鋪？"櫃裏朝奉道："尊駕貴姓？"陳正公道："我叫做陳正公，從南京來，要會會毛二爺。"朝奉道："且請裏面坐。"後一層便是堆貨的樓。陳正公進來，坐在樓底下，小朝奉送上一杯茶來，吃着，問道："毛二哥在家麼？"朝奉道："這鋪子原是毛二爺起頭開的，而今已經倒與汪敝東了。"陳正公吃了一驚，道："他前日可曾來？"朝奉道："這也不是他的店了，他還來做甚麼！"陳正公道："他而今那裏去了？"

朝奉道："他的腳步散散的，知他是到南京去北京去了？"陳正公聽了這些話，驢頭不對馬嘴，急了一身的臭汗。同陳蝦子回到船上，趕到了家。

次日清早，有人來敲門，開門一看，是鳳四老爹，邀進客

座，説
了些久違想念的
話，因説道："承假一項，
久應奉還，無奈近日又被一個人負
騙，竟無法可施。"鳳四老爹問其緣故，陳正公
細細説了一遍。鳳四老爹道："這個不妨，我有道理。我
包你討回，一文也不少，何如？"回到下處，一面叫家人打發
房錢，收拾行李，到斷河頭上了船。將到嘉興，秦二侉子道：
"我也跟你去瞧熱鬧。"同鳳四老爹上岸，一直找到毛家當鋪，
只見陳正公在他店裏吵哩。鳳四老爹兩步做一步，闖進他看
牆門，高聲嚷道："姓毛的在家不在家？陳家的銀子到底還不

還？"那櫃檯裏朝奉正待出來答話，只見他兩手扳着看牆門，把身子往後一撐，那垛看牆就拉拉雜雜卸下半堵。鳳四老爹轉身走上廳來，背靠着他櫃檯外柱子，大叫道："你們要命的快些走出去！"說着，把兩手背剪着，把身子一扭，那條柱子就離地歪在半邊，那一架廳簷就塌了半個，磚頭瓦片紛紛的打下來，灰土飛在半天裏，還虧朝奉們跑的快，不曾傷了性命。

毛二鬍子見不是事，只得從裏面走出來。鳳四老爹一頭的灰，越發精神抖擻，走進樓底下靠着他的庭柱。眾人一齊上前軟求，毛二鬍子自認不是。情願把這一筆賬本利清還，只求鳳四老爹不要動手。鳳四老爹大笑道："諒你有多大的個巢窩！不夠我一頓飯時都拆成平地！"這時秦二侉子同陳正公都到樓下坐着。秦二侉子說道："這件事原是毛兄的不是，你以為沒有中人、借券，打不起官司告不起狀，就可以白騙他的。可知道'不怕該債的精窮，只怕討債的英雄'，你而今遇着鳳四哥，還怕賴到那裏去！"那毛二鬍子無計可施，只得將本和利一併兌還，才完了這件橫事。

陳正公得了銀子，送秦二侉子、鳳四老爹二位上船。彼此洗了臉，拿出兩封一百兩銀子，謝鳳四老爹。鳳四老爹笑道："這不過是我一時高興，那裏要你謝我！留下五十兩，以清前賬，這五十兩你還拿回去。"陳正公謝了又謝，拿着銀子，辭別二位，另上小船去了。

> "這四個奇人雖沒有鳳四老爹武藝高強，俠肝義膽，但在腐儒充斥的社會裏，也能自在地生活，確實不易。"

第十篇　市井四奇人

明萬曆二十三年，那南京的名士都已漸漸銷磨盡了。此時花壇酒社，都沒有那些才俊之人，禮樂文章，也不見那些賢人講究。那知市井中間，卻又出了幾個奇人。

一個是會寫字的。這人姓季，名遐年，自小兒無家無業，總在這些寺院裏安身。見和尚傳板上堂吃齋，他便也捧着一個缽，站在那裏，隨堂吃飯。他的字寫的最好，卻又不肯學古人的法帖，只是自己創出來的格調，由着筆性寫了去，但凡人要請他寫字時，他三日前，就要齋戒一日，第二日磨一天的墨，卻又不許別人替磨。就是寫個十四字的對聯，也要用墨半碗。用的筆，都是人家用壞了不要的，他才用。到寫字的時候，要三四個人替他拂着紙，他才寫。一些拂的不好，他就要罵、要打。卻是要等他情願，他才高興。他若不情願時，任你王侯將相，大捧的銀子送他，他正眼兒也不看。

他又不修邊幅，穿着一件稀爛的直裰，靸着一雙破不過的蒲鞋。每日寫了字，得了人家的筆資，自家吃了飯，剩下的錢就不要了，隨便不相識的窮人，就送了他。那日大雪裏，走到一個朋友家，他那一雙稀爛的蒲鞋，踹了他一書房的滋泥。主人曉得他的性子不好，心裏嫌他，不好說出，只得問道："季先生的尊履壞了，可好買雙換換？"季遐年道："我沒有錢。"

那主人道："你肯寫一幅字送我，我買鞋送你了。"季遐年道："我難道沒有鞋，要你的？"主人厭他腌臢，自己走了進去，拿出一雙鞋來，道："你先且請略換換，恐怕腳底下冷。"季遐年惱了，並不作別，就走出大門，嚷道："你家甚麼要緊的地方！我這雙鞋就不可以坐在你家？我坐在你家，還要算擡舉你。我都希罕你的鞋穿！"一直走回天界寺，氣哺哺的又隨堂吃了一頓飯。

次日，施家一個小廝走到天界寺來，看見季遐年問道："有個寫字的姓季的可在這裏？"季遐年道："問他怎的？"小廝道："我家老爺叫他明日去寫字。"季遐年聽了，也不回他，說道："罷了。他今日不在家，我明日叫他來就是了。"次日，走到下浮橋施家門口，要進去。門上人攔住道："你是甚麼人，混往裏邊跑！"季遐年道："我是來寫字的。"那小廝從門房裏走出來看見，道："原來就是你！你也會寫字？"帶他走到敞廳上，小廝進去回了。施御史的孫子剛走出屏風，季遐年迎着臉大罵道："你是何等之人，敢來叫我寫字！我又不貪你的錢，又不慕你的勢，又不借你的光，你敢叫我寫起字來！"一頓大嚷大叫，把施鄉紳罵的閉口無言。那季遐年又罵了一會，依舊回到天界寺裏去了。

又一個是賣火紙筒子的。這人姓王，名太，他祖代是三牌樓賣菜的，到他父親手裏窮了，把菜園都賣掉了。他自小兒最喜下圍棋。後來父親死了，他無以為生，每日到虎踞關一帶賣火紙筒過活。那一日，妙意庵做會。王太走將進來，各處轉了一會，走到柳陰樹下，一個石臺，兩邊四條石凳，三四個大老官簇擁着兩個人在那裏下棋。一個穿寶藍的道："我們這位馬先生前日在揚州鹽臺那裏，下的是一百一十兩的彩，他前後共贏了二千多銀子。"一個穿玉色的少年道："我們這馬先生是天下的大國手，只有這卞先生受兩子還可以敵得來。只是我們要學到卞先生的地步，也就着實費力了。"王太就挨着身子

上前去偷看。小廝們看見他穿的襤褸，推推搡搡，不許他上前。底下坐的主人道："你這樣一個人，也曉得看棋？"王太道："我也略曉得些。"撐着看了一會，嘻嘻的笑。那姓馬的道："你這人會笑，難道下得過我們？"王太道："也勉強將就。"主人道："你是何等之人，好同馬先生下棋！"姓卞的道："他既大膽，就叫他出個醜何妨！才曉得我們老爺們下棋不是他插得嘴的！"王太也不推辭，擺起子來，就請那姓馬的動着。旁邊人都覺得好笑。那姓馬的同他下了幾着，覺的他出手不同。下了半盤，站起身來道："我這棋輸了半子了。"那些人都不曉得。姓卞的道："論這局面，卻是馬先生略負了些。"眾人大驚，就要拉着王太吃酒。王太大笑道："天下那裏還有個快活似殺矢棋的事！我殺過矢棋，心裏快活極了，那裏還吃的下酒！"說畢，哈哈大笑，頭也不回就去了。

　　一個是開茶館的，這人姓蓋，名寬，本來是個開當鋪的人。他二十多歲的時候，家裏有錢，開着當鋪，又有田地，又有洲場，那親戚本家都是些有錢的。他嫌這些人俗氣，每日坐在書房裏做詩看書，又喜歡畫幾筆畫。后來畫的畫好，也就有許多做詩畫的來同他往來。雖然詩也做的不如他好，畫也畫的不如他好，他卻愛才如命。遇着這些人來，留着吃酒吃飯，說也有，笑也有。這些人家裏有婚、喪、祭的緊急事，沒有銀子，來向他說，他從不推辭，幾百幾十拿與人用。那些當鋪裏的小官，看見主人這般舉動，都說他有些獃氣，在當鋪裏盡着做弊，本錢漸漸消折了。不想伙計沒良心，在柴院子裏放火，命運不好，接連失了幾回火，把院子裏的幾萬擔柴盡行燒了。那柴燒的一塊一塊的，結成就和太湖石一般，光怪陸離。那些伙計把這東西搬來給他看。他看見好頑，就留在家裏。家裏人說："這是倒運的東西，留不得。"他也不肯信，留在書房裏頑。伙計見沒有洲場，也辭出去了。又過了半年，日食艱難，把大房子賣了，搬在一所小房子住。又過了半年，妻子死了，開喪出殯，把小房子又賣了。可憐這蓋寬帶着一個兒子、一個女兒，在一個僻靜巷內，尋了兩間房子開茶館。把那房子裏面一間與兒子、女兒住。外一間擺了幾張茶桌子，後簷支了一個茶爐子，右邊安了一副櫃檯，後面放了兩口水缸，滿貯了雨水。他老人家清早起來，自己生了火，搧着了，把水倒在爐子裏放着，依舊坐在櫃檯裏看詩畫畫。櫃檯上放着一個瓶，插着些時新花朵，瓶旁邊放着許多古書。他家各樣的東西都變賣盡了，只有這幾本心愛的古書是不肯賣的。人來坐着吃茶，他丟了書就來拿茶壺、茶杯。茶館的利錢有限，一壺茶只賺得一個錢，每日只賣得五六十壺茶，只賺得五六十個錢。除去柴米，還做得甚麼事？那日正坐在櫃檯裏，一個鄰居老爹過來同他談閒話。

那老爹見他十月裏還穿着夏布衣裳，問道："你老人家而今也算十分艱難了，從前有多少人受過你老人家的惠，而今都不到你這裏來走走。你老人家這些親戚本家，事體總還是好的，你何不去向他們商議商議，借個大大的本錢，做些大生意過日子？"蓋寬道："老爹，'世情看冷暖，人面逐高低'。當初我有錢的時候，身上穿的也體面，跟的小廝也齊整，和這些親戚本家在一塊，還搭配的上。而今我這般光景，走到他們家去，他就不嫌我，我自己也覺得可厭。至於老爹說有受過我的惠的，那都是窮人，那裏還有得還出來！他而今又到有錢的地方去了，那裏還肯到我這裏來！我若去尋他，空惹他們的氣，有何趣味！"鄰居見他說的苦惱，因說道："老爹，你這個茶館裏冷清清的，料想今日也沒甚人來了，趁着好天氣，和你到南門外頑頑去。"蓋寬道："又擾你老人家。"說着，叫了他的小兒子出來看着店，他便同那老爹一路步出南門來。又到門口買了一包糖，到寶塔背後一個茶館裏吃茶。鄰居老爹道："而今時世不同，報恩寺的遊人也少了，連這糖也不如二十年前買的多。"蓋寬道："你老人家七十多歲年紀，不知見過多少事，而今不比當年了。像我也會畫兩筆畫，要在當時虞博士那一班名士在，那裏愁沒碗飯吃！不想而今就艱難到這步田地！"那鄰居道："你不說我也忘了，這雨花臺左近有個泰伯祠，是當年句容一個遲先生蓋造的，那年請了虞老爺來上祭，好不熱鬧！我才二十多歲，擠了來看，把帽子都被人擠掉了。而今可憐那祠也沒有照顧，房子都倒掉了。我們吃完了茶，同你到那裏看看。"

說着，又吃了一賣牛首豆腐乾，交了茶錢走出來，從岡子上踱到雨花臺左首，望見泰伯祠的大殿，屋山頭倒了半邊。來到門前，五六個小孩子在那裏踢球，兩扇大門倒了一扇，睡在地下。兩人走進去，三四個鄉間的老婦人在那丹墀裏挑薺菜，大殿上隔子都沒了。又到后邊，五間樓直桶桶的，樓板都沒有一片。兩個人前後走了一交，蓋寬歎息道："這樣名勝的所在，而今破敗至此，就沒有一個人來修理。多少有錢的，拿着整千的銀子去起蓋僧房道院，那一個肯來修理聖賢的祠宇！"鄰居老爹道："當年遲先生買了多少的傢伙，都是古老樣範的，收在這樓底下幾張大櫃裏，而今連櫃也不見了！"蓋寬道："這些古事，提起來令人傷感，我們不如回去罷！"兩人慢慢走了出來。

鄰居老爹道："我們順便上雨花臺絕頂。"望着隔江的山色，嵐翠鮮明，那江中來往的船隻，帆檣歷歷可數。那一輪紅日，沉沉的傍着山頭下去了。兩個人緩緩的下了山，迸城回去。蓋寬依舊賣了半年的茶。次年三月間，有個人家出了八兩銀子束修，請他到家裏教館去了。

一個是做裁縫的。這人姓荊，名元，五十多歲，在三山街開着一個裁縫鋪。每日替人家做生活，餘下來工夫就彈琴寫字，也極喜歡做詩。朋友們和他相與的問他道："你既要做雅人，為甚麼還要做你這貴行？何不同些學校裏人相與相與？"他道："我也不是要做雅人，也只為性情相近，故此時常學學。至於我們這個賤行，是祖、父遺留下來的，難道讀書識字，做裁縫就玷污了不成？況且那些學校中的朋友，他們另有一番見識，怎肯和我們相與？而今每日尋得六七分銀子，吃飽了飯，要彈琴，要寫字，諸事都由得我，又不貪圖人的富貴，又不伺候人的顏色，天不收，地不管，倒不快活？"朋友們聽了他這一番話，也就不和他親熱。

　　一日，荊元吃過了飯，思量沒事，一徑踱到清涼山來。這清涼山是城西極幽靜的所在。他有一個老朋友，姓于，住在山背後。那于老者也不讀書，也不做生意，養了五個兒子，最長的四十多歲，小兒子也有二十多歲。老者督率着他五個兒子灌園。那園卻有二三百畝大，中間空隙之地，種了許多花卉，堆着幾塊石頭。老者就在那旁邊蓋了幾間茅草房，手植的幾樹梧桐，長到三四十圍大。老者看看兒子灌了園，也就到茅齋生起火來，煨好了茶，吃着，看那園中的新綠。這日，荊元步了進來，于老者迎着道："好些時不見老哥來，生意忙的緊？"荊元道："正是。今日才打發清楚些，特來看看老爹。"于老者道："恰好烹了一壺現成茶，請用杯。"斟了送過來。荊元接了，坐着吃，道："這茶，色、香、味都好，老爹卻是那裏取來的這樣好水？"于老者道："我們城西不比你們城南，到處井泉都是吃得的。"荊元道："古人動說桃源避世，我想起來，那裏要甚麼桃源？只如老爹這樣清閒自在，住在這樣城市山林的所在，就是現在的活神仙了！"于老者道："只是我老拙一樣事也不會做，怎的如老哥會彈一曲琴，也覺得消遣些。近來想是一發彈的好了，可好幾時請教一回？"荊元道："這也容易。老爹不厭污耳，明日我把琴來請教。"說了一會，辭別回來。

　　次日，荊元自己抱了琴來到園裏，于老者已焚下一爐好香在那裏等候。彼此見了，又說了幾句話。于老者替荊元把琴安放在石凳上。荊元席地坐下，于老者也坐在旁邊。荊元慢慢的和了弦，彈起來，鏗鏗鏘鏘，聲振林木，那些鳥雀聞之，都棲息枝間竊聽。彈了一會，忽作變徵之音，淒清宛轉。于老者聽到深微之處，不覺淒然淚下。自此，他兩人常常往來。

趣味重溫（2）

一、你明白嗎？

1. 選擇題。請圈出適當的答案：

   a. 《儒林外史》的作者是（沒有功名的讀書人 / 秀才 / 舉人 / 進士），
   生活在（唐 / 宋 / 元 / 明 / 清）朝。（　　）（　　）

   b. 《儒林外史》是（滑稽 / 諷刺 / 鬼怪 / 公案）（　　）小說。

   c. 《儒林外史》除了寫讀書人，還寫了社會各行人物情況，除了衙差
   / 教師 / 小生意人 / 俠客 / 騙子 / 和尚 / 屠戶，還有放牛娃（　　）
   和市井奇人（　　）等。

2. 填空：

   a. 讀書人圈子叫做 ＿＿＿＿＿＿ 林，武術界稱為 ＿＿＿＿＿＿
   林，醫學界稱為 ＿＿＿＿＿＿ 林。

   b. 林的意思是比喻聚在一起的同類人物或事物，因此名勝也可以用
   這個林字的意思命名，例如 ＿＿＿＿＿＿ 。

   c. 榜跟科舉有關，請查榜的意思：＿＿＿＿＿＿＿＿＿＿＿＿＿＿＿，
   並舉出最少三個有榜字的詞語：＿＿＿＿＿＿，＿＿＿＿＿＿，
   ＿＿＿＿＿＿ 。

   d. 《儒林外史》寫了各種地位和心態的知識分子，請填寫他們的情況：

人物	考過科舉（是 / 否）	獲得功名（是 / 否）	做官（是 / 否）	人格（好 / 壞）
王冕				
周進				
范進				
牛布衣				
嚴貢生				
馬二				

匡超人			
萬中書			
高翰林			
荊元			

3. 俗語説“百無一用是書生”，請舉出書中兩個不懂營生的讀書人：

   _____ _____

二、想深一層

1. 指出以下人物言行的荒謬處：

   a. 匡超人對牛布衣吹牛，説他已出版九十五本書，賣得很好，連外國都有。_____

   b. 湯知縣問范進因何不去會試，范進方才説母親死了，要遵制丁憂。湯知縣大驚，忙叫換去了吉服，擁進後堂，擺上酒來。席上燕窩、雞、鴨，此外就是廣東出的魷魚苦瓜，也做兩碗。湯知縣看見他在燕窩碗裏揀了一個大蝦丸子送在嘴裏，方才放心。_____

   _____

   c. 打了范進一巴掌後，胡屠戶站在一邊，不覺那隻手隱隱的疼將起來。自己看時，把個巴掌仰著，再也彎不過來；心裏懊惱道：“果然天上文曲星是打不得的，而今菩薩計較起來了！”_____

   _____

2. 《儒林外史》寫有舉人的名銜的，接受 _____ 巴結送禮，與 _____ 攀交情，到 _____ 打秋風，見到 _____ 擺架子。

   a. 童生　　b. 親朋鄰里　　c. 舉人及官員　　d. 富有人家

3. 范進中舉是《儒林外史》裏最有喜劇效果的一節，與范進對應，作者寫了胡屠戶這個生動的配角。作者用誇張，對比，插科打諢等等方法，製造喜劇效果。請舉出以下例子（所舉例子不能重複）：

a. 胡屠戶對范進態度的中舉前後對比 ＿＿＿＿＿＿＿＿＿＿＿＿＿

b. 鄰居的插科打諢 ＿＿＿＿＿＿＿＿＿＿＿＿＿＿＿＿＿＿＿＿＿＿

c. 鄰居的誇張語調 ＿＿＿＿＿＿＿＿＿＿＿＿＿＿＿＿＿＿＿＿＿＿

d. 胡屠戶對借錢態度的中舉前後對比 ＿＿＿＿＿＿＿＿＿＿＿＿＿

三、延伸思考（此部分不設答案，讀者可自由回答）

1. 考試是每個學生學習階段中的必然歷程，當你拿到某次公開考試考卷成績的一刻，你曾經是怎樣的心情呢？請寫一篇"當我拿到考卷成績的時候"的短文。

2. 請找一下中國歷史記載有多少種體裁，其中外史是甚麼意思？吳敬梓為甚麼把小說稱為儒林外史？

參考答案

趣味重溫（1）

一、你明白嗎？
　　1. a. 科舉　　b. 做官　　c. 罷官　　d. 槍手　　e. 考試參考書　　f. 童生
　　　　叫小友，秀才叫老友　　g. 考場

　　2. a. 吝嗇　　b. 孝順　　c. 熱中功名　　d. 虛偽

　　3. a. 教師、記賬
　　　　b. 無業
　　　　c. 小本生意人
　　　　d. 編寫考試參考書
　　　　e. 無業

二、想深一層
　　1.

人物	a.與范進關係	動作	說話	b.心態
眾人	鄰居			驚訝
老太太	母親			焦慮
娘子胡氏	妻子			關心
胡屠戶	岳父			失望

　　2.（1B）　　（2C）　　（3C）　　（4A）　　（5C）
　　3. a. 連中三元　　b. 狀元及第　　c. 十年窗下

三、延伸思考不設答案

趣味重溫（2）

一、你明白嗎？
　　1. a. 秀才；清　　b. 諷刺　　c. 王冕；荊元
　　2. a. 儒林、武林、杏林　　b. 石林、碑林
　　　　c. 公開張貼的名單、文書、告示　放榜 榜眼 龍虎榜 安民榜 福布斯名人榜

d.

人物	考過科舉（是/否）	獲得功名（是/否）	做官（是/否）	人格（好/壞）
王冕	否	否	否	好
周進	是	是	是	不好不壞
范進	是	是	是	壞
牛布衣	否	否	否	好
嚴貢生	是	是	否	壞
馬二	是	否	否	好
匡超人	是	是	否	由好變壞
萬中書	是	買來的功名	買來的官	壞
高翰林	是	是	是	壞
荊元	否	否	否	好

3. 不懂營生的讀書人：牛布衣 ／ 倪老爹 ／ 范進 ／ 蓋寬

二、想深一層
1. a. 外國沒有科舉，縱有也不讀八股文選本
   b. 說守喪卻大魚大肉地吃
   c. 迷信
2. b，c，d，a
3. a. 如:中舉前：像你這尖嘴猴腮，也該撒泡尿自己照照，不三不四，就想天鵝屁吃！這幾十年，不知豬油可曾吃過兩三回哩？可憐可憐 ／ 你怎敢在我們面前裝大；中舉後： "賢婿老爺！方才不是我敢大膽，是你老太太的主意，央我來勸你的。" 屠戶見女婿衣裳後襟滾皺了許多，一路低著頭替他扯了幾十回。
   b. "罷麼！胡老爹，你每日殺豬的營生，白刀子進去，紅刀子出來，閻王也不知叫判官在簿子上記了你幾千條鐵棍，就是添上這一百棍，又打甚麼要緊？"
   c. "胡老爹方才這個嘴巴打的親切，少頃范老爺洗臉，還要洗下半盆豬油來！"
   d. 中舉前：你問我借盤纏，我一天殺一個豬，還賺不到錢把銀子，都給你去丟在水裏，叫我一家老小喝西北風？ "不要失了你的時了！你自己只覺得中了一個相公，就 '癩蝦蟆想吃起天鵝肉來！' 中舉後： "些須幾個錢，不夠你賞人"

三、延伸思考不設答案